내 사랑 꼬마도깨비

내 사랑 꼬마도깨비

새미

머리말

　내 나이 예순이 가까웠을 때 어느 날 문득 내가 무엇 한
다고 그렇게 허둥대며 살아왔나…하는 생각이 들었다. 이
제 곧 '남의 나이'를 살게 되었는데 그 동안 이룬 일이 무엇
인가 생각하니 남 앞에 내세울 만 한 것이 아무 것도 없어
새삼 허망하기까지 했다. 그러나 그것은 내 타고난 그릇이
그것밖에 되지 않았으니 어쩔 수 없는 일이라고 체념을 하
고, 그러면 어느 한 세월이라도 행복을 느끼고 산 적이 있
는가, 있었다면 그것이 언제였던가를 곰곰이 생각해 보았
다. 그랬더니 분명히 그런 행복한 시절이 있었는데, 아무래
도 그것은 내 두 아들을 낳아 여남은 살이 될 때까지 기를
때가 아니었나 싶었다.
　아슬아슬 떼어놓던 첫 걸음마, 복숭아 빛 잇몸 위로 백옥
같이 흰 이빨이 나던 모습, 한 마디, 한 마디 말을 배우는

것을 보고 있을 때 우리 내외의 행복감은 황홀함이라 할 만한 것이었다.

그런데 이제와 뒤돌아보니 그 귀여운 모습들의 극히 작은 편린들만이 반짝반짝 떠오를 뿐, 거의 대부분 망각의 저편으로 사라져버리고 없었다. 큰애에게 처음 사 신겼던 꽃신, 그것은 버리는 것이 아니었는데 … 둘째 애가 일곱 살 때 쓰고 놀던 별 두 개 붙은, 육군 소장 계급장의 녹색 헬멧은 어디 간수해 둘 걸 그랬지 … 애들을 데리고 경주로, 쌍계사로 다닌 여행에 대해서는 메모라도 몇 줄 해 두었어야 했는데 … 후회스런 일이 한 두 가지가 아니었지만 어쩔 수 없는 일이었다.

그러다 환갑이 되던 해에 손녀, 영주가 태어났다. 손자가 태어나면 자식 키울 때보다 더 귀엽다고 하시던 어른들 말씀이 맞았다. 세상에, 사람이 좋아도 이렇게 좋을 수가 있을까. 처음으로 방긋방긋 웃고, 옹알이를 하고, 뒤집고, 엉금엉금 기고, 혼자서 서고, 이윽고 첫 발자국을 떼어놓고 … 녀석을 보는 하루하루가 바로 천국이요 낙원 그것이었다. 특히 영주는 열 살이 넘은 오늘까지 엉뚱한 고집 같은 것으로 사람을 짜증스럽거나 피곤하게 한 적이 한 번도 없어 그것이 또 얼마나 기특하고 귀여웠는지 몰랐다.

이제 이 행복한 순간들을 내 아이들 키울 때처럼 그렇게 놓치지 말아야지 - 그래서 쓰기 시작한 것이 이, 손녀 영주 육아일기이다. 주책없다 할 분이 많으리라 생각되지만 나로서는 이 글들을 쓸 때도 즐거웠고 써 놓고 나서 읽어 보아도 즐겁기만 하다.

그리고 이것은 나의 경험인데, 나이 든 분이 내 어릴 적의 극히 단편적인 이야기를 들려주면 그것을 연결고리로 하여 많은 기억들이 되살아났었다. 어느 날 사촌 형수님한테서, 내 나이 네 살 때 고향의, 시골 시장에서 집으로 올 때 업어주었던 이야기를 듣는 순간 그 시절의 그 신기한 장 구경, 어머니가 사 주신 노란 양철 호루라기, 생전 처음 먹어본, 달디 단 엿 맛 같은 것이 줄줄이 꼬리를 물고 다시 살아나던 것이 그런 경우다.

그러니까 영주도 장성해서 이 글들을 읽으면서, 그것이 계기가 되어 제 자라던 아련한 옛날을 되돌아보는 것도 고운 추억이 되지 않을까 한다. 그리고, 그 한 가지 만으로도 이 책이 가지는 의미는 충분하리라 생각한다.

2010년 7월

차례

할머니의 태몽(胎夢)

　세월이 흐르면 이런저런 일들이 가물가물하거나 아주 잊어지게 마련이라 오늘은 영주가 태어날 무렵 이야기를 글로 남겨 두기로 하겠다.

　네 부모는 1997년 초에 결혼을 했는데 3년 가까이 아이를 낳지 않아 할아버지와 할머니는 은근히 기다려지기는 했지만 그래도 아무런 내색도 안 하고 있었다. 그러던 1999년 8월 어느 날 네 할머니가 느닷없이, 나한테 무슨 좋은 소식이 있느냐고 물어. 왜 그러느냐고 했더니 간밤 꿈이 아주 좋았다는 거야. 할머니가 꿈에 어디, 산길을 걷고 있는데 커다란 뱀 세 마리가 길가에 똬리를 틀고 있더래. 엄청나게 큰 뱀으로 비늘이 큼직큼직하더란다. 그래, 저 놈이

나한테 덤비려고 하면 막대기로 때려주어야지— 하고 있
는데 갑자기 그 중 한 놈이 할머니를 꽉 물어버리더래. 그
런데, 뱀한테 물렸는데도 전혀 아픈 줄을 모르겠고 꿈을 깨
고 나니 무언가 좋은 일이 있을 것 같은 예감이 들어 나한
테 그렇게 물어보았다는 거야. 나한테 좋은 일? 하기는 나
는 그 해 7월 말로 인문대 학장 임기가 끝나 아무 보직 없
이 강의만 하고 있을 땐데 학교에서 교무처장을 맡아달라
고 하고 있었지. 그거야 뭐 크게 좋은 일이랄 것도 없고—
무슨 경사가 있으려나? 그러고 있는데 네 할머니가 '꿈에
뱀을 보면 태몽이라는 말이 있던데… 며느리한테 태기가
있나?' 하더구나.

　그런데 바로 그 이튿날, 네 엄마가 할머니와 전화로 무슨
이야기를 하던 중 "어머니, 무슨 꿈꾸신 것 없습니까?" 하
고 묻더래. 네 엄마가 그 때 태기를 느끼고 있었던 거야. 그
래서 그 꿈이 네가 태어날 꿈이라는 것을 알게 됐지. 참, 이
상한 일이지? 어떻게 아기를 낳을 엄마한테는 아무 꿈이
없고 할머니한테 와서 "나, 좀 있다가 태어날 거예요." 하
고 현몽을 했을까.

　그 꿈 이야기 조금 더 해야겠다. 어느 신문에 꿈에 관한
기사가 실려 있었어. 그 기사에 의하면 뱀 꿈 태몽은 태어
날 아기가 커서 '공공기관을 주도할 사람'이 된다는 것을

뜻한대. 공공기관을 주도하는 사람이란 장관·시장·군수
같은 기관장을 말하는 거야. 꼭 무슨 벼슬을 할 것이라고
해서가 아니라 뜻이 좋은 것만은 사실이지? 어떻든 영주는
그런 길몽(吉夢)을 따라 태어났으니까 건강하게 잘 자라 훌
륭한 사람이 되기 바란다.

2000.7.4.

좋은 날 들은 희소식 — 영주가 태어난 날

영주가 태어난 2000년 5월 5일 그 시간, 할아버지는 회식 자리에 참석해 있었다. 그 달에 스승의 날이 있었는데 그 행사를 그 날 하기로 한 것이었지. 할아버지 학과의 선생님들과 제자들이 연산로터리에 있는 한 음식점에서 저녁을 겸해서 술을 마시고 있었다. 한참 즐겁게 담소를 하고 있다가 문득, 아침에 네 엄마가 출산을 위해 입원을 했다는 말을 들은 것이 생각났다. 그래서 잠깐 자리에서 빠져나와 집으로, 네 할머니한테 전화를 했지. 그랬더니 네 할머니가 내가 뭐라고 하기도 전에 "이제 할아버지 됐어요. 애 잘 낳았어요."라고 했다. 그 순간 나는 나이 60을 넘고 나서, 가장 큰 기쁨을 느꼈다.

　네 엄마는 너를 가졌을 때 처음, 아들이어야 할 것인데 하고 상당히 걱정을 한 모양이더라. 그러나 할아버지는 진심으로, 아들 딸 상관없이 네 엄마가 탈 없고, 아기가 건강하게 태어나는 것 이상 아무런 바람도 없었다.

　우리 집에는 본래 아들이 흔했다. 할아버지는 모두 다섯 형제이었는데 큰 형님이 아들 셋, 딸 둘, 둘째 형님이 아들만 넷, 셋째 형님이 아들만 둘, 내가 아들만 둘, 동생이 아들만 둘— 그러니까 아들 열 셋에 딸 둘이었던 거지. 이만하면, 영주가 우리 집안에서 얼마나 귀한 딸이었는지 알만하지? 너는 아들 없이 딸 하나 뿐인 경우 곧 무남독녀에, 아들 많은 집안에 모처럼 태어난 딸, 곧 고명딸이었던 거야. 네 어릴 적 집안에 행사가 있을 때면 온 집안 사람들이 모두 너를 둘러싸고 앉아 웃음꽃을 피우곤 한 것도 다 그 때문이었단다.

　너는 장금용(張金用)이라는 분을 시조로 한 인동장씨(仁同張氏) 남산파(南山派) 제34대 손이 된다. 인동이라는 곳은 경상북도 구미 부근 낙동강변에 있는 곳인데 ‘양반 곳’이라고 전국에 이름이 나 있단다. 그곳에는 지금도 우리 집안 전체의 종가가 있다. 그러니까 앞으로 누가 네게 관향(貫鄕)이 어디냐, 또는 본관(本貫)이 어디냐고 물으면 ‘인동’이라고 대답해야 한단다.

어느 집안에나 아들이 태어나면 같은 돌림의 글자를 이름으로 쓰는 항렬(行列)이라는 것이 있다. 네 아버지대의 그것은 世(세) 또는 在(재)자였는데 네 대는 翼(익)자야. 네가 사내아이로 태어났으면 그, '익'자 돌림의 이름을 지었을지 모른다. 그런데 딸애라 항렬과 관계없이 네 부모가 이름 있는 작명가에게 부탁을 해서 지금의 네 이름을 지었지. 영주가 하도 건강하고 영리하고 예뻐서 이제 '영주' 이외에는 어떤 이름도 너에게 맞지 않을 것만 같다.

세상이 많이 변해서 집안이니 족보니 하는 것을 대수롭잖게 생각들 하고 있는 것이 현실이다. 그러나 그렇더라도 집안 내력은 알아두어야 한다. 네가 장성해서 남의 집안에 들어가드라도 사람이 제 근본은 알고 있어야 하고, 그래야 사람들에게 허술한 대접을 받지 않게 된단다.

2000.5.15.

먼 나라에서의 영주 생각

7월 중순, 할아버지와 할머니가 남미여행을 다녀왔다. 여행이 막바지로 가고 있을 때 우리 일행은 페루의 고대 유적 마추픽추 탐승에 나섰다. 해발 2천 2백 80 미터에 있는, 이 산상의 고대도시는 궁전과 주거, 군 막사로 이루어져 있다 한다. 5백 년 가까운 세월 동안 숲속에 잠자고 있었다는, 돌로 정교하고 튼튼하게 쌓은 이 공중도시는 16세기, 스페인군에게 나라를 잃은 잉카인들이 마지막까지 싸우기 위해 축조한 최후 항전의 요새, 비르카밤바일 것이라는 설이 있는 곳이었다. 페루의 슬픈 역사 이야기를 알고 있는 나는, 그곳이 바로 그 요새이기를 바랐다.

적도의 태양이 힘을 잃고 서쪽 하늘로 기울어갈 무렵 우

리는 버스로, 천년의 고도(古都) 쿠즈코를 뒤로 하고 마추
픽추로 향해 출발했다. 가는, 산길가의 풍경은 처음부터 이
국적인 것이었다. 풀을 뜯고 있는 알파카라는, 양도 아니
고, 나귀도 아니고, 소도 아닌 동물들도 그랬고, 지나는 곳
곳 농가 헛간 같은 공간에서 사람들과, 그 사람들이 식용으
로 기르고 있는 모르모트가 같이 살고 있는 모습도 그랬다.

버스는 날이 완전히 어두워질 무렵 우루밤바호텔에 도
착해 우리는 그곳에서 자기로 했다. 우루밤바란 강가에 있
는, 이 호텔에서 나는 한 가지 진기한 구경거리를 보았다.
호텔 라운지 한 쪽 벽에 20 여 개의 가면이 걸려 있었다. 큰
벽면을 하나 가득 채우고 있는 가면들은 세계 곳곳에서 수
집한 것으로 그 중에는 우리나라의 하회탈도 있었는데 탈
들은 얼굴 생김, 표정이 제각각 다 달랐다. 그래서 나는 참,
세상에는 많은 인종들이 살고 있는데 모두가 모습들이 다
르구나 하는 생각을 했다.

이튿날 아침 일찍 다시 버스를 타고 목적지로 향했다. 주
변의 경치는 우리의 감탄을 자아내게 하는 것이었다. 차는
강을 따라 북쪽으로 달리고 있었는데 길 양쪽에는 푸른색
이 도는 흰 눈을 인 5천 미터 급의 안데스산맥 산들이 병풍
처럼 서 있었다. 조금 더 가다 우리는 버스에서 내려 단칸
관광열차로 바꿔 타고 그 계곡 길을 내쳐 달렸다. 장난감

같은 기차는 산모롱이를 만날 때마다 바앙— 바앙— 기적을 울리며 달린다. 그때마다 우리는 우리가 무슨 아름다운 엽서 속에 있는 것 같은 착각에 빠지곤 했다. 그렇게, 기차로 한 시간 반 가량을 더 달려, 다시 버스로 갈아타고 수직으로 하늘을 찌를 듯이 치솟은 산을 이리 꼬불 저리 꼬불 열아홉 구비를 돌아 올라간 다음 비로소 '늙은 봉우리'란 뜻의 그 마추픽추에 도착했다.

돌로 쌓은 이 산상도시는 사진에서 본 것 보다 훨씬 더 웅장해 신비한 구경거리가 틀림없었다. 그러나 식량의 자급 및 비축 능력이 보잘것없고 남쪽, 도시 뒤편이 완전 무방비 상태로 노출되어 있는 것 등을 볼 때 아무리 생각해도 그곳은 무슨 종교적인 의미가 있는 곳인지는 몰라도 적을 맞아 싸우거나 장기간 농성을 할 수 있는 요새는 아닌 것 같았다. 내게는 비르카밤바— 그것은 그들의 제국을 짓밟고, 동족을 학살하고, 문화를 모욕하고, 황금을 강탈해 간 흰 얼굴의, 흉포하고 야비한 외적에 대한 잉카인들의 복수의 비원이 만들어낸 이야기일 뿐, 이 세상 어디에도 없는 것이 아닌가 하는 생각이 들었다.

무지개를 좇다가 끝내 그것을 잡지 못 하고 지친 몸으로 돌아온 소년처럼 나는 그날 하오 울적한 마음으로 다시, 그 잉카인들의 비운의 왕도 쿠즈코로 돌아왔다. 버스에서 내리자 꾀죄죄한 모습의 어린애들이 쪼르르 달려와 돈을 달라고 조른다. 그런 일은 이 나라에 와서 여러 번 겪은 터라 못 본 척 하고 있는데 여덟 살 쯤 된 한 소녀가 제 동생으로 보이는 젖먹이 딸애를 업고 와서는 손을 내민다. 그 애들을 보는 순간 내가 그, 업힌 애 만할 때의 기억이 떠올랐다. 세 살 때쯤이었지. 동네에 엿장수가 왔을 때 나는 나보다 아홉 살이 많은 누나 등에 업혀서 엿을 사 달라고 졸랐었지. 그 때 누나가 내게 엿을 사 주었든가 못 사 주었든가는 모르겠지만, 어쨌든 그 기억은 그 큰 애의 등에 업힌 어린애가 바로 나인 것 같은 생각이 들게 했다. 그리고 바로 이어 이번에는 등에 업힌 그 애가 이제 막 돌이 지난, 내 나라에 두고 온 우리 영주인 것 같은 생각이 들었다. 그러니까 나는 지구를 반 바퀴나 돌아와 그 낯선 나라에 서 있어 동물도, 식물도, 경치도 달라 사람들도 아주 딴 세계 사람들 같이 여겼지만 가만히 생각해 보니 그것이 아니었다. 피부색도, 머리카락 색깔도, 눈 색깔도, 옷도, 말도 모두 달라도 그들은 모두 내 이웃, 내 가족이었던 것이다.

나는 얼른 1 달러짜리 지폐 한 장을 꺼내 애를 업고 있는 소녀의 그, 까맣고 조그마한 손에 쥐어 주었다. 그랬더니 그 부근에 있던 10 여 명의 애들이 일시에 나를 에워싸고 자기도 달라고 아우성이다. 주기 시작하면 끝이 없다. 내,

집에서 나올 때 가지고 온 돈도 얼마 안 되고— 그러니 어쩌랴. 황망히 다시 버스에 올라 차문을 닫아버릴 수밖에 없었다. 가까스로 정신을 차리고 차창 밖을 내다보니 나한테서 돈을 받은 그 소녀는 업힌 애를 한 번 추스르더니 까만 얼굴에 하얀 이빨을 드러내면서 나를 보고 환하게 웃고 있었다. 그 모습을 보는 순간 나는 행복하게 웃고 있는 그 애보다 내가 더 행복하다고 생각했다.

2001.7.20.

해를 넘겨서 쓰는 망년일기

지난해에는 영주가 건강하게 잘 자라 주어 고마웠다. 너는 지난해에 두 돌을 맞았고 그 전과는 완전히 다른, 큰 애가 되었다. 그러니까 이 글은 지난해 연말에 썼어야 맞겠지만 일부러 해를 넘겨 이제야 쓰는데, 거기에는 할아버지만의 가슴 아픈 사연이 있기 때문이다.

할아버지가 열 서너 살 때, 할아버지 집에는 안 좋은 일이 잇달아 일어났었단다. 열 서너 명의 대가족 집이었는데 그 몇 년 전부터 2~3년 사이에 할아버지의 큰형수님, 둘째 형수님, 큰형님이 잇달아 병으로 세상을 떠나셨어. 그러다 보니 집안 형편이 말이 아니었지.

그런데 그 중 둘째 형수님이 돌아가시고 몇 개월 뒤, 형

수님이 남겨두고 가신, 만 1년 몇 개월 된 어린 딸애가 죽
어버렸어. 땀박땀박 걸음을 걷고 "아빠, 아빠!" 하면서 제
아버지 품에 가서 안기곤 하던 그 애가 죽었다는 사실 자체
가 열네 살 어린 소년이던 할아버지에게는 말 할 수 없이
애처롭고 슬픈 일이었는데 거기에 또 하나 그 애는 내 가슴
에 아픈 못을 깊게 박아놓고 간 거야.

　제 엄마가 세상을 떠난 얼마 뒤 그 애가 심하게 앓았어.
그래서 그 애가 죽기 하루 전, 그 애의 아버지, 나의 둘째
형님께서 나에게 학교를 마치고 돌아오는 길에 읍내 황 아
무개 약방에 가서 자신이 부탁해 놓은, 그 애 먹일 약을 찾
아가지고 오라고 하셨어. 그래, 그 말씀대로 그 약방에 가
서 아무개 선생님이(그 때 그 형님은 초등학교 교사로 계셨
단다.) 부탁하신 약을 달라고 했더니 그 약방 주인아저씨,
정색을 하고 그런 약 부탁 받은 일이 없다는 거야. 하는 수
없이 그냥 돌아왔는데, 그 이튿날 그 애가 세상을 떠나버린
거야. 나는 지금도 그 약방 주인이 왜 약을 주지 않았는지
이유를 모른다. 나는 그, 할아버지의 형님은 스물 몇 살 젊
은 나이에 형수님과 사별하고 슬픔을 못 이겨 거의 매일 술
을 드셨는데 그날도 술을 마시다 보니 그만 약 부탁하는 일
을 잊어버리셨던 것이 아닌가, 추측을 하고 있을 뿐이다.
아무도 나에게 약 심부름을 잘 못했다고 나무라지 않았지

만 나는 내가 어떻게 해서든 약을 받아 와 먹였더라면 구했을 애가 내 때문에 죽었다는 심한 자책감에 시달렸다.

거기다 또 하나 나를 견딜 수 없게 고문을 하는 일이 있었다. 그 형님은 학교를 마치면 해가 지고 캄캄해서야 집에 돌아오셨는데, 집 앞 저만치서부터 그 분이 오시는 소리를 들을 수 있었다. 홍얼홍얼하는 소리를 내면서 오시는데 어떻게 들으면 울음소리인 것 같고, 어떻게 들으면 노래를 부르는 것도 같고, 또 어떻게 들으면 울음과 노래가 섞인 소리 같기도 했다. 그러나 집에 가까이 와서는 그 소리를 뚝 그쳐버리셨다. 집에, 너의 증조할아버지가 계셨기 때문이었지. 그런데 어느 날 저녁, 불행하게도 나는 그 '소리'의 정체가 무엇인지를 알아버리고 말았다. 그 날은 하필 네 증조할아버지께서 어딘가 가시고 안 계신 바람에 그 형님이 집에 와서까지 큰 소리로 그 '소리'를 내신 것이다.

/어머니, 어머니, 같이 가요. 함께 가요. 네, 어머니 계신 곳./
/메리야, 메리야, 못 온단다. 내 있는 곳./
/험한 산골짝 너머, 메리야, 메리야, 못 온단다./
/어머니, 그래도 같이 가요. 함께 가요. 네, 어머니 계신 곳./

대강 이런 가사였는데 그 할아버지는 울면서 이 노래를

부르고 또 부르셨던 거야. 그 애는 엄마가 그리워, 엄마를 못 잊어, 엄마를 찾아 갔다는 거지.

그래서 네 아빠 형제를 기를 때부터 나는 애가 두 살을 넘길 때는 그 애의 죽음과 그 할아버지의 울음 섞인 노래 소리가 머리에 떠올라 그 해가 지나, 후― 한숨을 내쉬게 될 때까지 숨을 죽이고 가슴을 졸였단다.

네가 넘긴 지난해에도 마찬가지였고―.

2003.1.5.

제 몸에서 꽃냄새가 난다고 했더니─

영주는 어릴 때부터 유달리 자립심과 자존심이 강한 데가 있었어. 세 살 때부터 놀이기구 같은 것을 탈 때면 곁에 아무도 앉지 못하게 하는 것은 물론이고 부축을 하거나 하는 것은 질색이었다. 어느 일요일에는 할아버지, 할머니와 셋이서 여느 주말처럼 금정산 등산을 갔다. 아침 9시에 금정산 위 케이블카 종점 부근에 있는 산정식당에서 우리 등산회원들이 모이게 되어 있어 6시 30분이면 일어나 7시에는 집을 나서야 했다. 8시쯤이면 2 킬로 정도의 산길을 걸어 남문에 이르게 된다. 그 날도 그 시간쯤에 남문에 도착했다. 그곳에는 한 젊은 아주머니가 수수떡을 팔고 있었다. 그 아주머니가 영주를 보더니 "아이구, 어린애가 이렇게 일찍 일어나서 왔구나?" 해서 할머니가 "네, 일찍은 시간에도 깨우면 일어납니다."라고 했다. 그러고 거기서 조금 더 갔을 때 영주가 완전히 입안에 알밤이 한두 개 든 것처럼 뾰루퉁해 가지고는, "내, 혼자 일어났잖아!" 하고 항의를 했다. '일어날 시간이다'고 하자 바로 일어났으니까 제 혼자 일어났다고 해도 틀린 말은 아닌 셈이었다. 그래도 우리 내외는 '참, 그랬지.' 하고 건성으로 대답을 하고 말았다. 그런데 그 게 아니었다. 그 식당에 도착해 아침을 먹고 한참을 환담을 하며 시간을 보낸 다음 다시 그 길로 되돌아왔다. 그런데 영주가 그, 남문에 도착하더니 마침 손님에게 팔 떡을 썰고 있는 그 아주머니 턱 앞에 얼굴을 바싹 들이밀고는 "내, 혼자 일어났습니다."고 했다. 그 아주머니는 느닷없는 말에 그것이 무슨 뜻인지는 모르는 것 같고, 그냥 "아이구, 그래, 착하구나."라고 했다. 우리가 보기에는 아무 일도 아닌 것 같은데 저로서는 자존심에 관계되는 중요한 일로, 밝힐 것은 기어이 밝혀 놓고 말겠다는 것이었지. 그 대신 칭찬을 해 주면 그렇게 좋아할 수가 없어. 세 살 때 어느 날 세수를 하고 나오는 녀석의 얼굴이랑 손을 수건으로 닦아 주고는 "우리 영주 손에서 꽃냄새가 난다."고 했다. 그랬더니 볼도 맡아보라고 해서 맡아보고는 역시 같은 냄새가 난다고 해 주었다. 이번에는 머리도 맡아보라고 해

세 살 때, 꽃냄새가 나던 영주

서 하라는 대로 하고는 또 제 듣고 싶어 하는 말을 해 주었다. 거기까지는 그런대로 그냥 됐는데 이번에는 휙 돌아앉더니 "똥꼬도 맡아봐!" 한다. 이 건 심해도 너무 심하다. 그래서 "아이구, 됐네요. 냄새는 이제 그만 맡고 싶구만요." 하고 말았다.

남 칭찬도 잘 한다. 내하고 퍼즐게임을 할 때였다. 여러 개의 그림 조각을 어지럽게 늘어놓고 맞는 짝 끼리 붙여서 완전한 모양 하나를 만들기다. 둘이서 같이 맞추어 나가는데 내가 잘 한다고, 마구 맞추어버리면 애가 재미가 적을 것이고, 그래서 아주 힘든 척 어렵게, 어렵게 한 조각씩을 맞추는 것처럼 하고 있는데, 혼자 척척 맞추어가던 녀석이 그러고 있는 나를 보더니 대견하다는 듯 "그래, 잘 하네. 그

렇게 하면 되는 거야.” 칭찬을 한다. 이런 칭찬 들어보기는
근 60년 만에 처음이구나 싶어 혼자 쓴웃음을 웃었다.

2004.4.13.

사연이 있는 넥타이핀 하나

네 엄마에게, 네가 자라 배필을 만나거든 주라고 넥타이 핀 한 개를 맡겨 놓는다. 백금 꽃받침에 연수정 한 알을 앉힌 이 핀은 내게는 깊은 뜻이 있는 물건이라 30여 년을 소중하게 간직하고 있던 것이다.

할아버지가 젊을 때 신문사에 근무한 적이 있다는 것은 영주도 들어서 알고 있겠지? 할아버지는 스물아홉 살 때 그 신문사에서 참 좋은 분을 만났었단다. 최계락이란 분으로 아동문학가신데 문화부장으로 계시던 그 분이 어느 날 내가 근무하고 있는 사회부의 부장으로 부임해 오셨어. 그 분은 이미 널리 알려진 문학가라 나로서는 그 분과 같은 부서에서 일하게 된 것이 더 없이 기뻤어. 6.25전쟁이 한창이던 1950년대 초, 그 어둡고 어려웠던 시절, 10대 소년이던 나는 『소년세계』, 『새벗』 같은 어린이잡지에 실린 그 분의 주옥같은 노래들을 읽으며 아름다운 내일에의 꿈을 키워 왔었단다. 그 분의 동시와 동요는 최근까지 초등학교 국어 교과서에 실려 있었다. 그 노래들 한 번 들어 볼래?

　　　꽃씨

　　　꽃씨 속에는
　　　파아란 잎이 하늘거린다.
　　　꽃씨 속에는
　　　빠알가니 꽃도 피어서 있고
　　　꽃씨 속에는
　　　노오란 나비 떼가 숨어 있다.

　위의 동시 보다는, 너에게는 그 분의 동요 한 편이 더 낯이 익었을지 모르겠구나. 다음의 동요, 들어 본 적 있지?

　　　꼬까신

　　　개나리 노란 꽃그늘 아래
　　　가지런히 놓여 있는 꼬까신 하나

아기는 사알짝 신 벗어 놓고
맨발로 한들한들 나들이 갔나
가지런히 기다리는 꼬까신 하나

　어때? 두 노래 다 참 깨끗하고 아름답지? 그 분은 과장 없이 우리나라의 뛰어난 시인이야. 그 분의 시비(詩碑)만 해도 여러 곳에 세워져 있어. 부산의 동래 금강공원에는 <꽃씨>, 용두산공원에는 <외가길>, 대신공원에는 <해변>, 이기대에는 <봄이 오는 소리>, 그리고 경상남도 진주시 신안동 녹지공원에는 <해 저무는 남강>이란 노래비가 세워져 있어. 그 중 1980년 여름, 금강공원에 있는 <꽃씨> 시비를 세울 때는 할아버지도 그 자리에 참석했었단다.

　그 분이 부장으로 오신 그 해, 1969년 크리스마스 무렵 어느 날 오후 그 분이 내게 한 해 동안 수고했다면서 "이거, 누가 주는 건데, 내 보다는 장형한테 맞을 것 같아. 자, 가져요." 하시면서 조그만 선물상자 하나를 주셨는데 그 안에 든 물건이 바로 이 핀이었어. 그 때 내가 아직 한창 멋을 낼 젊은 나이라고 보시고 내게 주신 모양이었어. 그래도, 기자가 10 여명이나 됐는데 유독 내한테만 주시는 그 분의 마음이 얼마나 고마운지 몰랐단다.

마음이 수정처럼 한없이 맑고 고운 그 분은 이듬해 41세로 세상을 떠나셨어. 심한 간질환을 앓으셨는데 자신의 몸에 남의 피가 흐르게 하지 않겠다고 고집하셔서 수술도 받아 보지 못하고 그렇게 아까운 연세에 가버리신 거야. 나는 내게 아직 약간의 순수성이라도 남아 있다면 그 분의 체취에서 옮겨 받은 것이 적지 않을 것이라고 생각하고 있단다.

그런 사연이 있어, 내게는 이 작은 물건이 어떤 보물보다 값지고 귀한 것이었단다.

2004.4.16.

영주가 아프던 날

어쩌다 감기는 한 번 씩 해도 별로 앓는 일이 없는 건강
한 아이가 영주다. 그런데 네 번째 생일을 지낸 며칠 뒤 원
인을 알 수 없이 아프다고 해서 네 부모는 물론이고 할아버
지, 할머니가 걱정을 많이 했다. 5월 8일, 그 날이 어버이날
이라고, 네 엄마가 저녁 준비를 해 놓았으니 네 집에 와서
같이 식사를 하자고 해서 갔지. 그런데 우리를 반갑게 맞기
는 하는데, 영주가 어딘가 달라. 평소에는 우리를 만나면
잠시도 쉬지 않고 재잘대고 뛰고 구르고 하는데 영 기운이
없어 보여. 그러다가 나중에는 "배 아야—" 하면서 저쪽 소
파에 가서 엎드리기도 해. 네가 그러니까 할아버지는 아무
정신이 없었어. 네 엄마가 갈비찜이랑 내가 좋아하는 안주

를 정성껏 장만하고 시원한 맥주도 몇 병 준비해 두었던데 아무 것도 맛을 모르겠어. 그런데 이상한 것이 한 동안 아프다고 못 견뎌 하다가 또 어떨 때는 멀쩡하게 괜찮은 거야. 걱정이 많이 되어 저녁도 먹는 둥 마는 둥 하고 집으로 돌아왔어. 그래도 네 걱정이 떠나지 않아, 10 분이 멀다 하고 전화를 걸어 좀 나은가 어떤가를 묻고— 전전긍긍이었지. 밤 10시가 넘어서는 네 아빠가 가까운 침례병원으로 데리고 가서 입원을 시켰다고 했어. 그러니 그 날 밤 할아버지는 잠을 제대로 자지 못 했어. 이튿날은 학교에 나가는 날이라 병원에도 가보지 못하고 출근을 했지. 학교 일을 대강 보고 병원에 전화를 했더니 네 엄마가 받아서는 의사가, 특별한 병은 아니고 얼마 동안 안정을 하면 낫는, 어린애들 복통이라고 하더라고 해서 다소 마음을 놓았다.

그러나 그러고 퇴근 때까지 가만히 앉았으려니 좀이 쑤셔 견딜 수가 있어야지. 그래서 할아버지가 가까이 지내는 한 의사선생님한테 전화를 걸어 네 이야기를 자세히 하고는 이런 경우는 어떻게 보아야 하느냐고 여쭈어 보았다. 그 선생님, 한참 내 이야기를 듣고 계시더니 "나이가 네 살이라고 하셨죠? 밑에 동생이 태어났습니까?" 하고 물으셨다. 그러고는 동생이 태어나면 부모나 주위 사람들의 관심이 자연 그 쪽으로 쏠리게 되고, 그렇게 되면 어린애가 스트레

스를 받아 고통을 느끼게 되는데 그 경우가 아닌가 싶다고
했다. 그 의사선생님은 연세도 많으실 뿐 아니라 실력이 대
단하신 분이라 할아버지가 크게 믿고 있은 분이셨지. 그러
나 네 엄마는 이미 단산을 했다고 듣고 있어서 이번만은 제
대로 못 알아맞히시구나 싶었지만 그래도, 그러냐고, 고맙
다고 인사를 하고 전화를 끊었다. 그러고 나서 가만히 생각
하니 며칠 전 네 외숙모가 출산을 한다는 말을 얼핏 들은
것 같은 생각이 났어. 그래, 그거였구나. 영주 식구는 한 동
안 외갓집에서 살아 영주가 외조부모님의 따뜻한 사랑을
받았었는데, 외숙모한테서 애기가 태어나면 영주를 늘 귀
애하시던 그 분들이 그 애한테 관심을 쏟을 것이라는 걱정
이 애를 아프게 한 모양이었다. 그렇다면 크게 걱정할 일은
아니고— 어쨌거나 그것이 원인이 맞은 것 같으니까 제 부
모한테 그 이야기를 해 주고, 요 며칠은 특별히 애한테 더
많은 관심을 기울여 주라고 해야겠다고 생각했다.

　학교 일을 마치고 바로 병원으로 달려갔다. 어린것이 링
거 병을 달고 있는 것이 애처롭기는 했지만 엊저녁 이후로
는 아프다는 말도 안 하고 잘 논다고 해서 마음을 많이 놓
았다. 내 이야기를 들은 네 부모는 한 시도 네 곁을 떠나지
않고 정성을 다 해 돌보았었다. 나도 사흘 달아 봉제 강아
지랑, 크리스털 거북이랑, 아름답고 싱싱한 관엽식물 화분

이랑을 사 가지고 가서 너 옆에 한참씩을 앉았다 왔다.

나흘 만에 영주가 퇴원을 했는데 당시 나는 아무 신앙도 가지고 있지 않았지만 영주를 탈 없이 낫게 해 주신 하늘에 감사를 드렸다. 그리고 영주가, 부모 다 있고 거기다 할아버지, 할머니까지 손에 들고 있다시피 하는데도 사랑을 잃을까 걱정에 생병까지 앓는 것을 보고 부모 없는 애들의 마음은 어떨까, 새삼 누구랄 것도 없이 그런 애들에 대한 애처로운 생각이 들었다.

2004.5.15.

언니한테는 높임말을…

네 살이 되고부터 영주가 유달리 나이를 많이 의식하는 것 같았어. 사회성은 상당히 강해서 제 또래 애들을 만나면 금방 가까워져서 노는데 그럴 때마다 먼저 확인하는 것이 나이다. 상대가 자기보다 한 살이라도 많으면 깎듯이 '오빠', '언니'고 적으면 '내가 언니다.' 또는 '누나다.' 하고 분명하게 선언을 한다. 그러고는 경우에 따라 "언니한테는 높임말을 써야 한다."고, 아무래도 좀 무리한 주문을 하기도 한다. 어느 봄날에 금정산 케이블카를 탈 때였지. 그 케이블카는 다섯 살 애부터 요금을 받게 되어 있었어. 그 회사 직원이 영주가 몇 살이냐고 물었을 때 할머니가 영주는 만 네 살이니까 네 살이라고 했지. 그러니까 그 말을 듣고 있던 영주가 갑자기 앞으로 나서면서 "내, 진짜 다섯 살입니다."라고 해버렸어. 그 바람에 할머니는 하는 수 없이 승차권을 사야 했었지.

그런데 놀라운 것은 자기보다 나이가 적은 아이한테는 놀랄 만큼 너그러워져. 한 번은 이런 일이 있었다. 2004년 초겨울 할아버지, 할머니와 용인 에버랜드에 놀러갔을 때다. 여러 가지 놀이기구도 타고 맛있는 것도 사 먹고 해서 그날 놀이는 돈이 좀 많이 들어서 그렇지 영주로서는 신나는 것이었지. 할아버지가 보기에는 그날 점심 무렵의 가장 행렬 행사가 제일 재미있었어. 할아버지가 혼자, 한 식당에 앉아 맥주를 마시고 있는데 갑자기 밖이 와자하니 소란스러워지더니 영주가 할딱거리면서 뛰어 들어왔다. "할아버지, 이리 와봐! 빨리 와봐! 난리다."라고 해서 나가 보았더니 꽃마차, 구름마차가 줄을 잇고 루돌프사슴이랑 산타할아버지가 나와서 밴드 연주에 맞추어 행진을 하고 있었어. 또 키가 엄청나게 큰 서양아저씨들이 어린이들을 불러 둥 그렇게 원을 그리면서 춤을 추었는데 영주도 가보라고 등을 떼밀었더니 잠깐 주저주저하더니 쪼르르 달려가서 함께 춤을 추었다.

오전에 들어가서 놀다 보니 오후 2시쯤이라 이제 부산으로 내려갈 채비를 해야 했지. 영주가 그 낌새를 채고는 "들

어올 때 본 그 강아지 한 번만 더 만져 보고 가자."고 했다. 오전, 그곳에 입장해 얼마를 들어오니까 노점에서 강아지를 팔고 있었는데 그것을 말한 것이다. 어른 주먹만 한 크기의, 흰색과 노란색으로 된 봉제 강아지로 배터리가 내장되어 있어 "멍! 멍!" 하면서 혀를 낼름낼름 하기도 하고 팔짝팔짝 뛰기도 해 아주 귀여웠다. 그런데 값을 물어보니 1만 6천 원이라고 한다. 애가 가지고 싶어 한다는 것은 알았지만 어린애 장난감으로는 너무 비싸다 싶어 사 주지 않았었다. 영주는 오랫동안 그 중 한 놈을 만져 보고 쓰다듬어 보고 하다가 그곳을 떠났었다. 그때, 그 래도 사달라고 하지 않는 것을 보니 착하다… 했는데 그 놀이공원을 떠날 시간이 되니까 한 번만 더 만져보고 가자고 한 것이다. 그래, 그러자고 하면서 그쪽으로 향했는데 그때 나는 벌써 한 마리 사 주기로 마음을 정하고 있었다. 사달 라고 떼를 썼다면 모르겠는데 한 번만 더 만져 보고 가자고 하는 데야 사 주지 않을 수가 없었던 것이다. 그만큼, 어린 것이 자제할 줄 아는 마음이 대견스러웠기 때문이었다. 그

가게에 도착했을 때 내가 녀석에게 아무 거나 한 마리 고르
라고, 할아버지가 사 주겠다고 했더니 의외의 일에 애가 기
뻐 어쩔 줄 몰라 했다. 한 놈을 사가지고, 거기서 버스를 타
고 수원역으로 가 부산행 기차에 올랐는데 영주는 잠시도
그 강아지를 손에서 놓지 않았다. 그리고 좀체 그러는 일이
없는 애가 나에게 고맙다는 말을 두 번 세 번이나 하고 볼
에 뽀뽀까지 해 주는 등 야단이었다.

그런데 기차 안 우리 맞은 편 자리에 두 살쯤 된 사내애
가 그 강아지를 보더니 제 엄마한테 자기도 저런 강아지 달
라고 보채기 시작했다. 나중에는 울면서 떼를 쓰는데 쉽게
달래질 것 같지 않았다. 할아버지는, 좀 가지고 놀라고 주
면 좋겠는데 영주가 워낙 좋아하는 것을 아는지라 그러지
도 못 하고 있었다. 그런데 놀랍게도 영주가 "누나가 줄 게.
차 내릴 때 줘." 하면서 덜렁 주어버리는 것이 아닌가. 그
애가 울음을 뚝 그친 것은 물론인데, 이번에는 영주가 부산
에 도착해 되돌려 받을 때까지 곁에서 애를 태우면서 구경
만 하고 있었단다.

2004.11.23.

못 잊을 영주의 정(情)

사람들은 나의 영주에 대한 사랑이 유별나다고들 한다. 네 엄마도 너에게 몇 번이나 "손자, 손녀한테 영주 네 할아버지만큼 잘 해 주시는 분 없다."고 할 정도였어. 그러나 영주의 할아버지, 할머니에 대한 사랑도 보통 어린이들의 그것하고 아주 다를 만큼 강했단다.

세 살 때 할아버지 집에 와서는 거실이니 방을 한 번 휭 둘러보더니 느닷없이 "할아버지, 할머니 니그 가난하나?" 하고 물어. "아니, 안 가난하다. 그런데 그것은 왜 묻지?" 했더니 "너무 차려 놓은 것이 없어서 —" 한다. 할아버지, 할머니는 본래 검소하게 사는 편이라 별 가구도 없고 집치장도 안 하고 하니까 그게 마음이 쓰였던 모양이지? 이제 세 살 난 애가 그런 데까지 마음을 쓰다니, 참, 기특하잖아.

내가 하도 귀애하니까 그랬겠지만 영주의 나에 대한 정은 특히 많았어. 두 살 때부터 화장실도 나하고 가겠다고 하고 목욕도 내가 시켜주어야 한다고 고집을 부렸지. 음식점에 갔을 때는 언제나 내 무릎 위에 달랑 올라앉아 내가 먹여 주는 음식을 낼름낼름 받아먹었지.

네 살 때 어느 날은 오후에 퇴근해 집에 들어오니 영주가 달려 나와서는 "할아버지, 초콜릿 먹어라." 하면서 손에 쥔 것을 쏙 내밀었다. 누구한테선가 그 것을 두 개 얻었는데 한 개는 제가 먹고 나머지 한 개도 먹고 싶은데도 참고 가지고 있다가 나한테 주려 한 것이다. 그래 내가 "아이구, 우리 영주가 그 먹고 싶은 것을 안 먹고 할아버지 주려고 남겨 놓았구나?" 했더니 "웅, 할아버지가 게 같은 거, 먹을 거 있으면 놔두었다가 나한테 주고 그래서ー"라고 했다. 기어이 너 먹으라고 주고 말았지만 그래도 네 마음이 어찌 고마운지 몰랐단다.

심부름 같은 것도 잘 해. 하루는 거실에 누웠는데 왠지 으실으실 추워서 네 할머니에게 "춥다."고 했더니 할머니가 벽의 온도계를 보더니 "22돈데 춥기는 뭐가ー" 하고 말아. 그래서 나는 그냥 '그러는구나' 하고 있었다. 그런데 조금 있다가 할머니가 "아이구, 야단났다!" 하고 소리를 질러. 보니까 영주가 침실에서 제 몸 몇 배나 되는 큰 이불을, 개미가 커다란 먹이 운반하는 것처럼 끌고 나와. 그것을 나한테 덮어주고는 할머니 쪽은 돌아도 보지 않고 "22도라고 나 하고 —" 하고 못마땅하다는 소리를 한 마디 하는데, 어찌 고맙고 귀엽든지—.

또 언젠가는 감기에 걸려 비스듬히 누워서 휴지 한 장 뽑아다 달라고 했더니 쪼르르 달려가 탁자 위에 있는 휴지를 쏙, 한 장 뽑더니 '또 필요할지 모르니까—' 하면서 또 한 장, 또 한 장, 석 장을 뽑아다 주는 거야. 와, 이건 완전히 어른 식견이야, 어른 식견—.

어느 해든가는 네 가족이 해외여행을 다녀오기로 했었어. 그 며칠 전 할아버지 학교 연구실에 놀러온 영주가 책상 모서리에 붙어 앉아 뭔가를 열심히 그리고 있어. 그러는 것을 그냥 무심히 보고 있었는데 한참 있더니 제가 그린 귀여운 아가씨 그림 한 장을 갖다 주면서 "내, 여행 가고 나서 보고 싶으면 봐래이—." 한다. 그렇게 닮지는 않아도 나는 그 그림을 소중하게 가지고 네가 돌아올 때까지 보고 또 보고 했단다.

할머니한테도 정이 많았어. 세 살 때든가, 시장에 간 할머니가 저물도록 돌아오지 않자 어두워가는 창밖을 내다보면서 "할머니… 도깨비 나올 시간이 됐는데…" 하고 울상을 짓는데 그 모습이 얼마나 귀여웠는지 몰랐단다.

무엇보다 영주의 정 중에서도 잊을 수 없는 것은 자라면서 몇 번이나 할아버지, 할머니, 우리 집에 가서 같이 살자고 한 거야. 건성으로 하는 말이 아닌 것이 "엄마, 아빠한테 물어 보았는데 엄마, 아빠도 좋단다. 가자, 가자!"면서 조르는 거야.

2004.12.7.

찔레 향기

5월로 접어 들어서자 푸나무에서 물이 뚝뚝 듣는 듯이 신록이 싱그럽기 짝이 없다. 영주와 금정산 등산을 갔다. 산성마을에서 금정산 북쪽 비탈, 4부 능선쯤을 올라가노라니까 길가에 찔레가 연두색 가지를 쭉쭉 뻗고 있다. 내, 어릴 때 저 찔레 순을 꺾어 먹었는데 그 향이 참 좋았지 하는 생각이 들었다.

그 때는 요즘 애들이 즐겨 먹는 핫도그니 피자 같은 것은 구경할 수 없었지만 집 밖에 나가기만 하면 먹을 것이 참 많았다. 우선 초봄 밖에 나가면 산자락·언덕 어디에나 띠가 지천으로 자라고 있었다. 그것을 뽑아 껍질을 벗기면 '피끼'라는 이름의 하얀 속살이 나오는데 그 맛과 향이 여간 좋은 것이 아니었다. 또 갓 갈아엎은 밭에 가면 메의 뿌리가 여기저기에 허옇게 드러나 있었는데 그것을 주어다 소금을 쳐 삶아 놓으면 약간 맵싹하면서 달고 구수한 맛이 먹을 만했다. 그리고 들 어디에나 가면 다닥냉이가 자라고 있었는데 그 뿌리를 뽑아 씹으면 겨자 못지않은 매운맛을 볼 수 있었다. 매운맛 나는 것으로는 또 달래가 있었지. 달래는 다닥냉이와 또 다른 맛을 가지고 코를 톡 쏘아 눈물을 글썽이며 먹곤 했다.

한여름 목화밭에 가면 거기서도 풋풋한 열매 맛을 볼 수 있었다. 목화꽃이 지고 거기에 달린 애기열매, 다래는 부드러운 껍질을 벗긴 다음 아른아른한 흰색의 알맹이를 입안에 넣고 꼭 깨물면 달디 단 과즙이 터져 나와 싱그러운 방향(芳香)이 머리가 어질어질하게 한다. 그 무렵이면 주로 밭 언덕에 자라는 뽕나무의 열매, 오디 맛도 정말 좋다. 새까맣게 익은, 손가락 두어 마디 크기의 이 열매의 부드러운 단맛은 먹어 본 사람만이 알 수 있는, 기가 막힌 것이다.

웅덩이, 늪에 가면 거기서도 입을 즐겁게 할 수 있었다. 눅눅한 습지에는 가느다랗고 잘룩잘룩한 꼬부람이란 풀뿌리가 있었는데 그것을 씹으면 사가사각 소리가 나면서 달큼한 맛이 났다. 또 웅덩이나 늪에 피는 우유 빛 능(菱)꽃의 줄기를 따라 가, 뿌리를 뽑으면 거기에 쭈뼛쭈뼛 침이 난

마름이 달려 있었는데 그것도 한 번쯤 맛볼만한 것이었다.

들, 물가 못지않게 먹을 것이 많은 곳이 산이다. 5월, 소나무 가지는 그것을 꺾어서 낫이나 칼로 겉껍질을 벗겨내면 속껍질, 송기가 나오는데 이빨로 그것을 훑어 벗겨 먹으면 그 단맛이 풋풋하고 좋았다. 누나들은 산에서 버섯이랑 돌웃을 따와 별미 반찬을 만들기도 했고 우리들, 개구쟁이 소년들은 머루랑 딸기를 따 먹기도 했다. 겨울, 산과 들에 먹을 것이 없어진 철이면 괭이를 메고 산에 올라 칡뿌리를 캐어 먹기도 했다.

대강 기억나는 것이 이 정도고, 이제는 까맣게 잊어버린, 야생 먹을거리들이 많았을 것이다. 요새 애들은 영양가 높고 맛 좋은 먹을 것들이 많아 행복할 것 같지만 위에서 말한 것들과 같은, 내가 어릴 때 자연 속에서 먹은 것들의 맛을 보지 못 한다는 것을 생각하면 안 됐다는 마음이 든다.

그래, 앞에서 말한 그, 찔레 순 중에서 제일 살진 놈을 꺾어 껍질을 벗겨 영주에게 먹어보라고 주었다. 언젠가 어린 이들을 상대로 의식 조사를 했더니 혐오스런 식품 첫째가 ‘김치’라고 나오더라는 신문기사를 읽은 적이 있어 이 걸 먹으라고 하면 애가 어떻게 나올 건가 좀 걱정이 되었는데 영주는 그것을 받아 냉큼 입에 넣는다. 그리고는 몇 번 씹어보더니 ‘향기가 좋다’고 한다. 그럼, 그렇지. 이 땅에서,

내 피를 타고 난 애가 내가 그렇게 좋아한 그 맛을 모를라
고―. 나는 괜히 기분이 나를 듯이 좋았다.

2005.5.2.

동화를 읽어 주고─

마침 오후에 한가한 시간이 나, 영주를 데리고 앉아 동화 책을 읽어 주었다. 영주에게 책을 읽어 줄 생각을 한 것은 며칠 전 영주가 하는 이야기를 듣고서였다. 영주는 그날 나와 둘이 앉아 있다가 느닷없이, "내 몸 속에 미로가 있는데 거기 비장의 무기 있다."고 했다. 갑작스런 이야기인데다 '미로'니 '비장의 무기'니 하는 말들이 다섯 살 어린애한테는 너무 생뚱맞은 것이라 깜짝 놀랐다. 그래도 시침을 뚝 떼고,

"그래, 비장의 무기, 어떤 거 있노?"

했더니,

"백 개의 도끼 있다."

“아이구 무시라. 또 뭐 있노?”

“변신술, 필살기 있다.”

고 했다. 무슨 만화영화 같은 데서 보고 들은 모양인데, 하도 어처구니가 없어 나오던 웃음이 저절로 들어 가버렸다. 이 나이의 어린애가 그런 살벌한 이야기에 자주 접한다는 것은 성장하는 데 정서적으로 좋지 않을 것 같아서였다. 그런데 요 녀석이 내가 무언가 마음이 편하지 않아 하는 것을 눈치를 챈 모양이다.

“그런데, 비장의 무기 이야기 아무한테도 하지 마라.”

고 한다.

“아무한테도 하면 안 되는 이야기를 뭐 할라고 했노?”

“나중에 해라.”

“나중에, 언제?”

“나 혼자 살 수 있는 나이가 되거든 해라.”

참 나, 그런 말은 또 어디서 배워가지고―. 그래도 당장 애한테, 그런 폭력적인 텔레비전 프로그램 자꾸 보면 안 된다느니 하기는 그렇고 해서 그날은 그렇게 넘어갔다. 그 뒤에 제 부모에게 텔레비전 프로그램을 아무거나 무한정 보도록 두지 말고 관심을 가지고 시청지도를 해야겠더라고 했다.

세상이 편리해지고 시간 보내기도 좋아진 것은 틀림없

겠지만 어떤 면에서는 텔레비전도 라디오도 없던 나의 어린 시절이 더 좋았던 것 같은 생각이 든다. 어른들한테서 <해와 달이 된 오누이>, <나무꾼과 선녀>, <은혜 갚은 까치>, <혹 붙인 욕심쟁이> 같은 이야기를 듣던 그 즐거움을 요즘 어린이들은 어디서도 얻을 수 없지 않나 하는 생각이 들어서다. 문 밖에 나타난 호랑이 이야기에 무서워서 이불을 뒤집어쓰고 듣고, 주인공의 불행에 눈물을 흘리던 그 시절의 우리들이 어쩌면 지금 애들보다 더 행복했던 것은 아닐까 하는 생각도 든다.

2005.6.19.

일 돌아가는 것을 환히 읽고—

영주는 눈치가 빠르고 눈썰미가 아주 야물었어. 지난 봄 어느 날, 할아버지, 할머니와 센텀시티역에서 지하철을 탔는데 앞자리에 마침 영주도 여러 번 본 적이 있는 할아버지 친구가 앉아 있었어. 그 분은 거의 완전 대머린데 그날은 친구 잔치에 참석하느라고 가발을 쓰고 있더구나. 우리는 그냥 눈인사만 하고 앉았는데 영주가 빠끔히 바라보고 있더니 "할아버지, 저 아저씨, 할아버지 친구, 그 대머리아저씨 닮았다."고 하잖아. 대머리인 사람이 가발을 쓰고 있으면 어른들도 알아보기가 어려운데— 참, 용하지?

그 전, 세 살 때도 영주 때문에 할아버지와 할머니가 깜짝 놀란 적이 있었다. 그때 수원에 있던 네 큰아버지가 내려와서 우리 가족이 처음으로 모두 한 자리에 앉게 되었지. 그런데 영주가 몇 번 네 아빠와 큰아버지를 번갈아 보고, 보고 하더니 손가락으로 두 사람을 가리키면서 "똑 같다! 똑 같다!"고 하잖아. '똑 같다'는 말은 두 사람이 닮았다는 뜻이었겠지. 우리가 볼 때는 네 아빠 형제는 거의 조금도 닮은 얼굴이 아닌데, 어린 네가 한눈에 그것을 알더구나. 지금도 나는 그때를 생각하면 '거 참, 이상한 일이지' 하게 된단다. 우리를 따라 남의 집에 갔을 때도 영주는 다른 애들과는 다른 데가 있었어. 영주가 네 살 때였지? 거제동의 현대아파트에 사는 할아버지 친구 집을 방문할 때 영주를 데리고 갔는데, 그 집은 상당히 넓은 평수의 고급 아파트였지. 영주는 그 집에 들어서자말자 큰방, 작은방, 다용도실, 욕실을 두루 둘러보더니 "집 좋네! 집 좋네!" 하고 있잖아. 말하는 게 꼭 한 40 된 아주머니 같았어.

어른들끼리 술을 마시며 노느라고 혼자 두어도 영주는 조금도 사람들을 성가시게 하지 않았어. 보통 애들 같으면 금방 가자고 조르거나 자기한테 관심을 보이게 하느라고 엉뚱한 짓을 하거나 그러기 마련인데 말이야. 영주는 아주 심심하면 어른들이 둘러앉은 테이블 아래로 들어갔다 나왔다 했는데 그럴 때도 어떻게 하는지 누구 한 사람, 발가락 하나 건드리지 않아. 그러니까 어른들이 모두 '혼자서 잘 노네, 잘 노네.’ 하고 칭찬들을 했지.

그렇다고 영주가 늘 재롱만 피우는 것도 아니었어. 어떨 때는 어른 못지않게 속 깊은 생각을 하고 가족 걱정도 하고, 그랬어. 몇 달 전 어느 날, 무슨 이야기 끝에 갑자기 심각한 얼굴이 되더니 “이거는 비밀인데, 비밀은 혼자서만 알아야 되는데— 엄마, 금정모터스에서 나와야 될지 모른다.”고 했다. 금정모터스는 제 외할아버지의 자동차 정비 공장이었는데 그 건물의 방 한 칸을 얻어 제 엄마가 피아노 레슨을 하고 있었지. 그래서 내가 왜냐고 물었더니 “외할아버지가 ‘나가라, 나가라.’ 했다.”는 거야. 그렇게 되면 엄마는 어쩌나 걱정이 되어 할아버지, 할머니 만난 김에 비밀이고 뭐고 치워버리고 그렇게 털어놓고 만 거야.

언젠가는 화명동에 와 있을 때 제 아빠하고 전화를 하는데 가만히 들으니 제 아빠가 직장에서 축구를 하다가 다리를 좀 다쳤었는데 그게 이제 좀 어떤가고 묻고 있잖아. 그런 영주를 누가 너댓 살 난 ‘애기’라고 하겠나 말이야.

2005.7.23.

영주가 형광등이라고?

영주는 여러 가지 면에서 어른스러운 데가 있었는데 그 중에서 눈치가 어떻게 빠른지 간혹 도저히 어린애라고 할 수가 없을 것 같은 때가 있었단다.

지난 번에, 텔레비전에서 <불멸의 이순신>이라는 연속극을 방영한 적이 있었다. 상당한 대작으로 당시 시청률이 꽤 높은 편이었지. 하루는 할아버지 집에서 같이 그 연속극을 보고 있었는데 그날에는 진주성이 왜군에게 함락되는 장면이 방송되었어. 극중에, 한 우리 편 장수가 왜병이 쏜 총에 맞아 쓰러지니까 영주가 "이순신 장군 죽었나?" 하고 물었다. 할머니가 "이순신 장군, 아니고 다른 장군이 돌아가셨다."고 해 주었지. 그런데 그 장수가 죽어 넘어져 있는 시간이 좀 길다보니 눈꺼풀이 약간 움직였어. 영주가 그것을 놓치지 않고 "어, 눈 깜박거렸다."고 소리를 질러, 보던 사람들이 모두 다 한바탕 크게 웃었지. 그 배우, 영주 말 들었으면 상당히 부끄러웠을 거라. 그래, 영주 말이 백 번 맞지. 죽었으면 꿈적도 말아야지, 눈을 그러면 안 되지.

그 무렵 어느 날이었어. 영주 엄마는 할머니와 무슨 이야기를 한다고 미처 나오지 않고 영주와 할아버지가 먼저 아파트 앞마당으로 나왔어. 그때 영주가 "할아버지, 우리 엄마 차 있는 데 가서 기다리자."고 해. 그래 내가, 엄마 차 번호 아느냐고 했더니 모른대. 그런데 어떻게 차를 찾겠느냐고 했더니, 계속 깡충대며 이 차, 저 차를 둘러보면서 "차 안의 물건 보면 알 수 있다."고 했다. 그 말을 듣고 할아버지는 깜짝 놀랬어. 왠만한 어른도 순간적으로 그런 생각을 하기가 어려울 건데 아직 유치원에 다니는 어린애의 머리 회전이 얼마나 빨라?

그러면서 한 편으로 칭찬할 만한 것이, 자기가 눈치가 빠르다거나 하는 내색은 조금도 않는다는 거야. 한 번은 형광등을 켰는데 번쩍번쩍 하더니 한참 있다가 불이 들어와. 그것을 보고 불이 왜 저렇게 늦게 들어오느냐고 물어서, 백열등은 전구(電球) 안의 필라멘트에 전기로 열을 가해 빛을 내 순간점등(瞬間點燈)이라 하여 스위치를 올리면 바로 불

이 오게 되어 있는데 형광등은 전기가 자외선을 내보내 그
것이 형광물질에 흡수되어 빛을 내기 때문에 거기에 시간
이 걸려 불이 늦게 들어온다고 설명해 주었어. 그러고는 웃
으려고, 형광등은 불이 한참 있다가 들어오기 때문에 눈치
없는 사람, 센스가 느린 사람을 '형광등'이라고 하여 놀리
는 수도 있다고 하고는 "네 주변에도 누가 무슨 우스운 이
야기를 해서 모두 웃고 나면 한참 있다가 뒤늦게야 자기 혼
자 웃는 사람이 있지?"라고 했다. 영주는 그 말을 듣고 잠
깐 생각을 하더니 "아니, 그런 사람 없었다. 그런데 한 번
씩 내가 그렇다."고 했다. 이 말을 하면 누가 자기 보고 무
엇이라고 생각할 것인가 같은 것은 조금도 개의하지 않고
아주 솔직한 거야. 내가 보기에는 다른 만 사람이 다 형광
등이라도 영주는 절대로 아닌데 말이야.

2005.7.30.

바이칼호수에서 한 생각

할아버지는 할머니와 8월 5일부터 10일까지 5박 6일 일정으로 러시아의 바이칼호수 관광을 다녀왔다. 그 호수는 넓이가 한반도 만 하고 그곳의 물은 지구상 전체 담수(淡水) 곧 민물의 5분의 1이나 되어 세계에 널리 알려져 있는 곳이지. 5일 낮 인천공항에서 러시아 비행기를 타고 블라디보스톡이라는 곳을 경유하여 5 시간 만에 그 호수 부근 이르츠쿠츠란, 한 작은 도시에 도착했다. 그날은 그냥 숙소에 들어 자고 이튿날 버스로 두 시간 넘게 달려 그 호수를 찾았다. 호숫가, 한 작은 마을의 선착장에 도착해서 눈앞의 호수를 보니 과연 장관이더구나. 끝없이 펼쳐진 물, 물의 세계 — 그곳이 호수라고 하니 호수인 줄 알지 그러지 않았다면 이 건 바로 바다라고 할 수 밖에 없었어. 선창에서는 그곳에서만 나는 유명한 민물고기 '오물'을 팔고 있었어. 우리 일행은 그, 훈제 '오물'을 사 가지고 우리나라의 보통 연안여객선 만한 크기의 배를 타고 호수 오른 쪽 저 건너편 기슭을 향했어. 배가 수정같이 맑은 호수를 달리는 동안 우리 일행은 갑판 위의 테이블에 둘러 앉아 술을 한 잔 했지. 할아버지는 본래 술을 좋아하는데다 눈앞에 펼쳐진 절경을 보며 담백한 맛의 그 생선 '오물'을 안주로 술을 마시니 맛이 그저 그만이더구나. 그러면서 그 동안에 또 영주 생각을 했어. 내가 여행을 떠나기 며칠 전 영주에게 그곳에는 이러이러한 생선이 있다는데 보고, 영주한테도 몇 마리 사다 주마고 했더니 당장 "안 상하겠나?" 하던 말이 떠올랐어. 영주 말이 맞았어. 날 생선은 네 말대로 상하니까 아예 안 되고 훈제를 한 것도 가져올 수 있게 포장이 되어 있지 않아 사 올 수가 없었단다. 두 시간 여를 달려 목적했던 그 대안에 도착하여 모두 배에서 내렸다. 그리고는 그곳에 한참을 머물면서 맑고 찬 호수 물에 발도 담그고 손도 씻고 호수를 배경으로 사진도 찍고 한 다음 처음 출발한 곳으로 되돌아 왔어.

　그 다음날에는 우리 민족 최초의 조상들이 살고 있다는 부리야트마을을 방문했다. 버스로 네댓 시간, 일망무제의

대평원을 달린 다음 한 평화로운 마을에 도착했는데 그곳이 부리야트족들이 살고 있는 곳이었어. 차에서 내리자말자 우리는 그곳 사람들 생긴 것이 우리들하고 똑 같다는 것을 금방 알 수 있었다. 할아버지는 가까이 온 열 두어 살쯤 되어 보이는 두 소년과 사진을 찍었는데 생긴 것이 우리 이웃에 사는 애들 그대로야. 그런데 입은 옷도 초라하고 발은 벗었고 해서 안 된 마음이 많이 들었어. 본래 한 핏줄이었는데 그냥 그곳에 머물러 살고 있는 사람들은 이렇게 가난에 찌들어 있고 동남쪽으로 내려가고 내려가 정착한 우리는 그런대로 이 정도라도 여유 있게 살구나— 하는 생각이 들었다. 그리고 우리 영주가 천만다행하게도 우리, 복 받은 나라, 좋은 부모에게 태어났구나 하는 생각도 했단다. 그곳 마을 한가운데, 광장에서 그 마을 사람들의, 우리들에 대한 환영행사가 있었어. 우리 일행 스물 한 명 중 남자 한 명이 임금님, 여자 한 명이 여왕님이 되어야 했는데 할머니가 그 여왕님에 뽑혔어. 그래서 얼룩덜룩한, 긴 여왕 옷을 입고 머리에는 왕관을 쓰고 의자에 터억 앉아 있는 모습이 아주 우습고 재미있었단다. 행사 중에 그 마을의 족장이 나와서 우리가 가지고 있는 동전을 주면 거기에 우리의 소원이 이루어지도록 빌어주겠다고 해서 할아버지와 할머니는 각각 그곳 동전 한 개씩을 내 놓았어. 그리고 우리 영주가 건강

하고 아름답게 자라도록 빌어 달라고 했다. 그러니까 몸은
만리타국에 가 있어도 우리의 마음은 맨, 영주 곁에서 떠나
지를 못한 것이지.

2005.8.16.

대추 한 개를 따 주고-

어제 영주를 데리고 벌초를 하고 왔다. 산소로 올라가면서 보니 마을 뒤 과수원의 대추나무 울타리에 어른 손가락 두어 마디만 한, 큼직큼직한 대추가 많이 열려 있었다. 대추는 우리 조상들이 특별히 좋아한 과일이란다. 이 나무에는 날카로운 가시가 많이 나 있어서 예로부터, 아무나 함부로 들어가지 못 하도록 과수원 주위에 심어 울타리로 삼았었다. 또 이 나무는 열매가 아주 많이 열려, 자손이 번성하게 해 준다 하여 집안에 정원수로도 즐겨 심었지. 처음 연두색이다가 다 익으면 발갛게 되는 열매는 영양분이 많아 옛날 선비들은 '대추 세 개면 한 끼 요기가 된다.'고 했단다. 어느 집 제사상에나 대추는 빠지지 않고 올리는 이유도 그런 데 있단다.

할아버지는 그 대추나무 주인할머니에게 부탁해 그 중에서 제일 크고 빛깔이 고운 열매 한 개를 얻었다. 물론 우리 영주한테 주기 위해서였지만 할아버지에게는 할아버지만의, 대추에 얽힌 아름다운 추억이 있어서이기도 했단다. 할아버지는 만 두 살이 채 안 되었을 때 증조할머니에게 업혀 외갓집에 갔었다. 그 때 외갓집으로 가는 골목길 울타리에 대추가 한창 익어가고 있었어. 대추는 가을이 되면 약간 노란빛이 도는 붉은색을 띠는데 그 때의 그 대추가 바로 그 색이었다. 어린 눈에 그 열매가 어떻게 예쁘고 탐스럽든지, 증조할머니 등에 업혀서 '엄마'한테 '저 거 한 개 따 달라'고 했지. 그 때 마흔 셋이시던 할머니는 그 집 젊은 주인여자한테 한 개만 줄 수 없느냐고 했는데 그 여자가 안 된다고 하더구나. 그 말을 듣고 할아버지가 '아― 앙―' 울었는데 그래도 그 여자가 기어이 안 된다는 거야.

60년도 더 된, 까마득한 옛날 일인데 할아버지는 지금도 그 생각을 하면 초가을 햇볕에 발그레한 노란색으로 익어 반짝반짝 윤이 나던 그 대추열매가 눈에 서―언 하단다. 많은 세월이 흘러 1995년, 증조할머니와 무슨 이야기를 하던 끝에 54년 전의 그 이야기를 했더니 할머니께서 금방 '그래, 그 여자가 안 주더구나.'라고 하셨어. 할머니도, 울면서 조르는 어린 자식한테 그 열매 한 개를 주지 못 하신 것이 그렇게 마음 아프셨던 모양이야. 그런데 그 순간 증조할머니의 젊으신 시절과 나의 유년 시절이 떠오르면서 그 때가 한없이 아름답게 생각되고 그리웠다.

산소에 도착해서 영주에게 그 대추를, 먹어도 된다면서 주었더니 너는 크게 귀한 것 같이 여기지도 않고 덤덤히 받아 조금 베어 먹어 보더니 '맛도 없다.' 하면서 풀밭에 던져 버리더구나. 그럼, 온갖 과일, 계절에 관계없이 먹고 있는 너희 세대에게는 대추 같은 것이 맛이 있을 리가 없지.

그래서 할아버지는 또 생각을 했다. 그 때는 할머니도, 나도, 어린애가 그렇게 가지고 싶어 하는데도 기어이, 그 많이 열린 열매 중 하나를 안 주겠다고 하던 그 여자가 원망스러웠지만 이제 와 생각하니 오히려 고마운 마음이 들었어. 만약 그 때 그 분이 한 개를 주었으면 그 열매는 네 말마따나 맛도 별로고 시들 때의 모양은 쭈글쭈글한 게 영 보기 싫으니까 곧 버리고 말았겠지. 그리고 그 일도 까마득히 잊어버리고 말았을 거야. 그런데 그것을 안 주어 놓으니까 그렇게 긴 세월이 흘러갔는데도 그 일이 이렇게 아름다운 추억으로 되살아난 것이 아니겠느냐. 그러니까 사람이 살아가면서 당장 눈앞의 일을 가지고 너무 좋다고, 궂다고 심하게 생각할 것이 아닌 것이 아닌가 싶었단다.

2005.8.30.

벌초를 하던 날

오늘은 어제에 이어 벌초 때 이야기를 좀 더 해야겠다. 그 집 조상님들의 산소를 모셔 놓은 곳을 선산(先山)이라고 하는데 우리 집안의 선산은 너도 가보아서 알겠지만, 할아버지의 고향인 경상남도 창원시 북면 월계리에 있단다. 산소는 그냥 두면 잡초랑 나무가 우거져 나중에는 어떻게 손댈 수도 없을 정도로 자라버리게 되기 때문에 해마다 가을에 한 번, 풀과 나무를 베어주는데 그것을 벌초라고 하지. 올해는 영주가 만으로 다섯 살이 된 해니까 같이 가도 되겠다 싶어서 데리고 갔어. 그 무렵이면 우리 집안뿐 아니라 벌초를 하는 집이 많아 찻길이 막힐 염려가 있어서 미리 대비를 했지. 그래서 영주는 그 전날 할아버지 집에 와서 자고 이튿날 새벽에 떠나기로 한 거야. 새벽 5시에 깨웠더니 조금도 칭얼거리지 않고 발딱 일어났어. 아침 7시 30분 선산 아래에 도착해서 거기서부터 가파른 산길을 오르기 시작했어. 숲을 헤치며 가야 하는, 약 40분이 걸리는 길인데 영주는 안기지도, 업히지도 않고 거뜬히 산소까지 걸어 올라갔어.

영주는 거기까지 가면서 배운 것도 많았지. 할아버지는 둥굴나물·강아지풀·자리공·억새 같은 야생 화초랑 들풀, 사마귀·메뚜기·여치·풀무치 같은 곤충들 이름을 가르쳐 주었단다. 풀을 베기 시작했는데 영주도 가만히 있지 않고 베어 놓은 풀을 안아다 저쪽에 던져 치우기도 하고 미처 못 벤 작은 나무나 풀 같은 것을 뽑기도 했어. 그러는 영주 쪽으로 커다란 벌 한 마리가 날아오기에 할아버지가 깜짝 놀라 미리 준비해 가지고 있던 에프킬러를 찌익— 찌익— 뿌려 저 멀리 쫓아버렸지.

선산의 제일 아래 오른 쪽에 나란히 있는 두 봉분 중 왼쪽이 증조할아버지 산소야. 증조할아버지는 한학자셨는데 오랫동안 한의원을 하셨지. 우리 고향 북면, 진해, 창원, 동면 등에서 의원을 열어 병이 난 사람을 많이 고쳐주셨단다. 그 할아버지께서는 또 집안 살림도 일으켜 논밭을 많이 마련하셔서 일제시대, 6.25사변 전후 사람들이 모두 심한 가

난에 시달릴 때도 우리 가족이 굶지 않고 헐벗지 않게 해 주셨단다. 또 둘째 큰할아버지와 셋째 큰할아버지 그리고 나를 그 어려움 속에서도 높은 학교까지 공부를 시켜 주셨어. 그 때는 학비가 비싸 세 사람이나 대학공부를 시킨다는 것은 보통 집에서는 엄두도 못 낼 세월이었는데 말이야.

그 곁 산소에 계신 분이 증조할머니로 영주가 태어나기 4년 전에 98세로 세상을 떠나셨지. 백 여 년 전에 태어나신 옛날 분으로, 그때는 여자들이 거의 모두 글을 모를 땐데 그 할머니는 글을 아서서 책도 읽으시고 편지도 쓰시어, 사람들이 모두 놀랬었단다. 그 밖에도 그 할머니는 길쌈ㆍ바느질ㆍ음식… 모두를 다 잘 하셔서 그 많은 할아버지네 가족을 입히시고 먹이셨단다. 할아버지는 지금까지 살아오는 동안 국내외 여행을 다니면서 맛있다는 음식을 많이 먹어보았지만 아직 그 할머니께서 담그신 된장 맛, 김치 맛보다 더 좋은 것은 먹어보지 못 했다. 그리고 그 할머니께서는 삼, 목화를 심고 누에를 쳐 삼베ㆍ무명ㆍ명주를 짜 우리 가족에게 사철 옷을 지어 입혀 주셨단다.

영주가 벌초 일을 거드는 것을 보면서 제일 많이 생각한 것이 증조할머니께서 저러고 있는 영주를 보시면 얼마나 귀여워하셨을까 하는 것이었다. 할아버지는 그 할머니 생각만 하면 죄스러운 마음을 가지게 된단다. 네 큰아버지와

네 아버지가 태어났을 때 그 할머니께서 아주 좋아 하셨단
다. 할아버지는, 그 할머니께서 아기를 안으시고서는 까치
가 새끼를 낳으면 친할머니께도 뵈고 싶고 외할머니께도
뵈고 싶고 그렇단다고 하시던 말씀이 지금도 귀에 쟁쟁하
다. 그리고 한 번은 "손자가 참 귀엽단다. 제 자식 키울 때
보다 손자가 더 귀엽단다."라고 하신 적이 있어. 그 때 나는
그 말씀을 예사로, 귓등으로 듣고 말았어. 생각이 너무 짧
아, 속으로 나도 모르게 '그냥 귀엽기야 하시겠지만 뭐, 제
애비, 어미 같기야 하실라고—'라고 한 거야. 너를 낳기 전
사람들로부터 손자를 낳으면 자식을 낳았을 때 못지않은
행복을 또 한 번 느끼게 된다는 말을 여러 번 들었는데 그
럴 때도 '제 자식, 제 낳아 키우는데 할애비가 무슨…' 하고
그 말을 그대로 믿지 않았었다. 그런데 영주가 태어나고 보
니까 그게 아니었어. 세상에, 내게 이런 큰 행복을 안겨주
는, 귀하고 사랑스런 애가 어디 있겠나 싶었어. 그 때 제일
먼저 네 중조할머니께 죄스러운 생각이 들었지. 그 진한 사
랑을 모르고…. 그러니까 사람은 나이 60 넘게, 많이 들어
서 그제야 깨닫게 되는 것도 있는 모양이야.

2005.8.31.

자랑스러운 영주의 고향

벌초 일로 할아버지 고향을 다녀왔으니 이참에 고향 이야기를 좀 더 해야 하겠다. 먼저 영주의 고향은 어디라고 해야 할까를 생각해 보았다. 보통 고향이라 하면 그 사람이 태어나서 자란 곳을 뜻하는데 사람에 따라서는 본인보다는 그의 부모가 살았던 곳이라고 하는 경우도 있단다. 영주 아빠는 부산, 연제구 연산동에서 태어나 거기서 자랐고, 엄마는 금정구 구서동에서 태어나 자랐다고 한다. 영주는 금정구 부곡동에서 태어나 같은 구, 구서동에서 살고 있지. 그러니까 네 부모와 네가 나서 자란 곳, 고향은 '동래(東萊)'라고 하는 것이 좋을 것 같다. 지금은 행정구역이 개편되어 연제구니 금정구니 하고 있지만 그 전에는 서면에서 그 동북쪽, 금정산 아래 전 지역이 동래구였어. 그 보다 더 오래 전 옛날에는 부산이란 지금의 중구와 동구, 바닷가 배가 닿는 곳을 말했고 지금의 부산 전역이 동래였어. 기록에 의하면 조선 말엽까지 동래부사가 동쪽으로는 기장, 서쪽으로는 다대동, 남쪽으로는 용당동, 북쪽으로는 창기 일대까지 다스렸다 하니 오늘의 부산광역시 전 지역과 양산시 일대까지가 동래였던 셈이지.

동래는 예로부터 충절의 고장으로 불려왔다. 임진왜란 때 일본군이 쳐들어와 싸우려면 싸우고, 싸우고 싶지 않거든 길을 빌려내라고 했을 때 당시의 동래부사 송상현공이 죽기는 쉬워도 길을 빌려 줄 수는 없다고 하고, 천 여 명의 백성과 관리가 모두 목숨을 던져 끝까지 싸운 곳이 동래성이야. 그래서 부산시에서는 안락로터리 북쪽에 충렬사를 짓고 거기서 해마다 그분들의 충절을 기리는 제사를 올리고 있단다. 그런 한 편으로 동래 사람들은 옛날부터 풍류를 즐길 줄 알았다 한다. 해마다 음력 정월 열 나흗날 저녁 지금의 동래구청 앞에서 한, 동래들놀음 같은 것을 보면 그것을 알 수 있다. 이 민중 가면극은 주로 양반의 거짓과 허세를 비웃고 조롱하는 내용으로, 지금까지 전승되어 와 우리나라의 중요무형문화재(제18호)로 지정이 되어 있다.

동래는 또 물이 좋은 고장이었다. 지금의 온천천 있지?

그 개울은 옛날에는 깊고 물이 많아 배가 수영만에서 지하철 동래역 있는 곳까지 드나들었단다. 지금은 옛날보다 물의 양이 많이 줄었지만 그래도 맑은 물이 흘러 간혹 바다에서 숭어 떼가 올라와 퍼덕이는 장관을 연출하기도 하지. 동래의 오륜동과 회동동에 걸쳐 있는 회동수원지는 부산 시민이 마시는 수돗물의 절반 가량을 공급하는 급수원이야. 9백 만 평 넓이의 이 수원지는 인근 지역에 내린 빗물을 1천 8백 50만 톤까지 모을 수 있단다. 그러니까 이 수원지는 우리 부산 시민의 우물 몫을 한다고 보아야 하겠지. 동래는 물이 좋았을 뿐 아니라 여러 가지 산물이 풍부했단다. 그 중에서도 기장의 갈치와 미역, 철마의 산나물, 연산동의 참외, 수안동의 미나리는 이 고장의 명산으로 소문이 나 있었지. 그래서 거기서 태어나 자란 사람들도 모두 야물었던 모양이야. 동래지방 민요에 /동래야 부산 큰애기들은 작으나 크나 알배기/라고 하고 있는 데에도 그것이 나타나 있지.

동래는 또 온천으로도 유명한 곳이다. 옛 기록에 의하면 조선조 광해군 때에 사람들이 이곳에서 온천목욕을 하고 갔다 하니 그만 해도 4백년이 넘는 역사를 가지고 있는 셈이지. 지금도 그렇지만 일제 강점기에는 이곳의 온천물이 수온이 높고 피부병과 류머티즘에 효험이 있다 하여 전국에서 많은 사람들이 이곳을 찾았다 한다.

동래의 금정산은 해발 8백 1 미터로 그렇게 높지는 않지만 전국에 명산으로 알려져 있다. 이 산은 물이 좋고 땅이 기름져 온갖 식물이 다 잘 자라. 그 중에서도 등나무는 특히 유명하지. 범어사 계곡에 자생하는 이 나무는 키가 보통 15 미터를 넘고 굵은 것은 둘레가 40 센티나 되고 나이가 많은 것은 백 년이 넘는 것도 있다. 이 나무는 5월이면 일제히 보라색 꽃을 활짝 피워 온 계곡을 아름답게 수놓는단다. 1만 6천 평에 이르는 산자락에 사는 이 나무들은 나라에서 천연기념물 제176호로 지정해 보호하고 있지.

이 산에는 우리나라에서 가장 긴 돌로 쌓은 성인, 금정산성이 있다. 북구 화명동, 금곡동과 금정구의 금성동, 장전동, 청룡동, 남산동에 걸쳐 있는 총 연장 16.5 킬로, 높이 1.5~3.2 미터의 이 견고한 성은 3백 여 년 전인 1703년에 쌓았다 한다. 이 성에는 동서남북, 네 개의 문이 있는데 그 중에서 남문은 영주가 등산할 때 여러 번 드나들어 보았고 서문도 버스를 타고 지나가면서 몇 번 본 적이 있지?

또 하나 동래의 자랑거리는 범어사야. 우리나라 불교 31본산의 하나인 이, 유서 깊은 절은 금정산 동쪽 해발 6백28 미터 높이에 자리 잡고 있다. 범어사는 신라 문무왕 때인 678년에 지었다 하니 1천 3백 년이 넘은 오래 된 절이지. 이 절은 나라를 지켜온 호국사찰로 이름이 높은데, 그

지은 동기부터가, 왜적으로부터 나라를 지켜달라고 부처님께 빌기 위해서였다 한다. 실제로 임진왜란 때는 서산대사란 스님이 승려들로 짠 군대를 이끌고 이 절에 내려와 일본군을 맞아 싸웠다 한다.

어때? 지금까지의 내력만 들어도 영주의 고향, 동래는 어디에 가서나 자랑할 만 한 고장이지?

2005.9.15.

여섯 살도 안 돼 일기를 쓰고―

영주가 말을 잘 한다는 것은 두 살 나던, 부산대학 부설 유아원에 다닐 때부터 소문이 나 있었다. 그때 그 유아원 학부모들은 영주 이름은 몰라도 '그, 말 잘하는 아이' 하면 다 알 정도였지. 그래도 할아버지와 할머니는 한 편으로 한 가지 은근히 걱정을 하고 있었다. 애가 과연 공부도 저렇게, 말하는 것처럼 잘 할까 하는 것이었지. 하루는 할머니가 무심결에 "입만 똑똑하고 공부는 맹탕일까 걱정이다."고 했지. 그 말을 들은 영주는 아무 말도 안 하고 씨익씨익 하면서 할머니한테로 가더니 할머니 뒤에서 치마를 막 잡아당기는 거야. 자존심 상한다는 거지. 그래서, 자기로서도 걱정일지 모르는데 이제 그런 내색 안 해야지― 하고, 그 뒤로는 할아버지도, 할머니도 일절 그런 말은 안 하도록 조심을 했단다. 사실 영주처럼 건강하고 착하게 자라주면 그 이상 고마울 데가 없는데 공부니 뭐니 되잖은 걱정을 한 것 자체가 잘못이었지.

그런데 세월이 흐를수록 더욱 그런 걱정이 쓸 데 없는 것이었다는 것을 알게 되었어. 다섯 살 들어서부터, 특별히 배워주지도 않았는데 한글을 땀박땀박 읽어. 그때가 아마 2005년 초였지? 금정산을 오르다가 '남문 가는 길', '연못 산장' 하고 등산 표지판이랑 음식점 간판을 읽어서 할아버지, 할머니가 깜짝 놀랐지. 그 뒤로는 버스에 쓰인 광고, 거리에 나붙은 벽보도 읽고, 그해 연말에는 제법 동화책도 띄엄띄엄 읽기 시작했어.

그러더니 올해 1월 31일에는 드디어 첫 일기를 썼다더구나. 할아버지는 그것을 그 며칠 뒤, 2월 초에야 알았어. 어느 날 전화로 무슨 이야기를 주고받던 중 영주가 "내, 일기 썼다."고 해. 어찌 놀랍고 반갑던지―. 그래도 요 녀석

이 무렵 영주는 위와 같은,
여자아이 그림을 곧잘 그렸다.

이 일기가 뭔지 알기나 하고 하는 소린가― 해서, "아이구, 우리 영주 대견하구나. 그래 뭘 썼노? 밥 먹은 거, 그런 거 썼나?"고 했더니, "아니. 일기에는 그런, 늘 하는 거는 안 쓴다. 전에 할아버지하고 기차 타고 수원 갔다 온 거, 그런 거 쓴다."고 해. 유치원에선가 누구한테서 일기는 되풀이 되는 일상적인 것은 안 쓴다는 것을 들어 알고 있는 거야. 그래서, 본래 일기는 남한테 보여주는 것이 아니지만 처음 쓴 것이니까 할아버지한테 무엇을 썼는지 한 번 이야기 해 줄 수 있겠느냐고 했더니,

"응. 대충 말해 줄 게. 언니 집에 갔다. 언니들하고 놀다 가 잤다. 침대가 아주 높았는데 2층이었다. 끄―ㅌ."이라고 했어. 그러니까, 잘 쓴 거지. 언니 집에 놀러 가서 자고 왔 으니까 특별한 일이 틀림없고, 쓸데없는 말 다 빼고 핵심만 꼭꼭 짚어나간 게, 처음 쓴 일기 치고는 얼마나 야무져.

2006.2.14.

용두산공원에 올라 —

학교에 있으니 영주가 네 아버지 차를 타고 왔어. 그 전에도 영주는 간혹 할아버지 학교에 와서 놀다가 가곤 했었지. 그 중에서도 가장 기억에 남는 것은 2003년 4월 첫 주의 일이야. 그 날 영주는 할아버지, 할머니와 벚꽃 잎이 눈처럼 흩날리는, 혜안지라는 연못가 정원에서 준비해 간 점심을 맛있게 먹었지.

또 2005년 2월 어느 날에는 영주가 본관 현관 앞에서 할아버지 학교 총장님을 만난 적도 있어. 총장님 일행과 정면으로 부딪혀서 내가 영주한테 "할아버지 학교 총장님이시다. 인사 드려야지—" 했더니 영주는 두 손을 앞으로 모아 쥐고 "안녕하세요?" 하고 예쁘게 인사를 했지. 총장님은

"손녀니까?" 하시더니 지갑을 꺼내서는 파란 만 원짜리 한 장을 주셨어. 영주는 그것을 받고는 "고맙습니다." 하고 인사를 했어. 그랬더니 총장님이 "어린애가 이렇게 예의가 바릅니까?" 하고 놀라셨지.

영주는 학교에 오면 정심정이라는, 붉은 정자가 있는 큰 연못에 가서 거기 있는 비단잉어들에게 새우깡이랑, 먹이 주기를 즐겼지. 이번에도 그곳에 가 보았더니 아직 날씨가 추워 잉어들이 물밑에 엎드려 있는지, 한 마리도 보이지 않아. 이래서는 영주가 심심해서 안 되겠다 싶어서 시내 구경을 가기로 했다.

시내버스를 타고 국제시장 입구까지 가서는 걸어서 용두산공원으로 올라갔다. 다른 애들 같으면 다리 아프다고 칭얼댔겠지만 영주는 등산을 자주 해 놓으니까 거뜬히 올라갔어. 제일 먼저 본 것은 꽃시계였어. 둥그런 꽃밭에 시계 침이 천천히 돌아가는 것인데 봄이면 그곳의 흰색과 보라색, 노란색의 팬지꽃이 아주 화려하지. 그런데 그 날은 아직 철이 일러 그 꽃은 없고 배추같이 생긴 잎모란 뿐이었다. 그 앞에서 비둘기들에게 모이를 주면서 사진을 찍었다. 다시 수족관으로 가서 고기 구경을 했다. 커다란 상어랑, 꽃같이 생긴 예쁜 노란 고기, 소 같은 동물도 잡아먹는다는 무서운 고기도 보았어.

　그쯤에서 구경을 끝내려고 했는데 영주가 저기, 저 높은 탑에 한 번 올라가보자고 해. 보통, 어른들도 그 탑은 그냥 아래서 올려다보는 것인 줄 알게 마련인데 영주가 그 안의 엘리베이터로 꼭대기에 올라갈 수 있다는 것을 어떻게 아는지 신통하더구나. 표를 사서 영주 말 대로 지상 1백 미터 높이의 그 탑에 올라갔지. 그곳 전망대에는 빙 둘러 의자가 놓여 있었는데 거기에 앉아 영주는 아이스크림을 먹고 할아버지는 캔맥주를 마시면서 부산시가 구경을 했다.

　북항 바다에는 커다란 화물선이 느릿느릿 부두로 들어오고 있었는데 영주는 그것을 보고 '게으름뱅이 배'라고 했다. 그래서 할아버지가 "저런 큰 배는 무거워서 배 밑이 아래로 많이 내려가 있는데 바다 속에는 암초라는 바위가 있어서 잘못하면 거기에 부딪힐 수가 있단다. 자세히 보면 저 큰 배 앞뒤에 조그만 배들이 있는 것이 보이지? 저 조그만 배에는 바다 밑, 어디에 바위가 있는지 잘 아는 사람이 타고 있지. 그 사람들이 저 작은 배로 큰 배를 앞에서 끌고 뒤에서 밀면서 조심조심 들어오느라고 저렇게 천천히 오고 있단다. 봐! 다른 작은 배들은 제 마음대로 빨리 달리고 있지?" 하고 설명을 해 주었지. 그 말을 듣더니 영주는 "맞네. 게으름뱅이 아니네. 작은 배들은 꼬리에 하얀 물을 내면서 빨리 가네." 하고 신기해 했지.

　그리고 저, 동남쪽에 옛날에 국제신문사가 있던 국제회

관빌딩이 보였어. 할아버지는, 저 건물에서 할아버지와 할머니가 처음 만나 결혼을 하게 되었다고 해 주었지. 너는 그냥 무심히 듣고 "응." 하고 말았지만 할아버지는 사람의 인연이란 것이 정말 기이하다 싶어 감회가 깊었단다. 근 40년 전 할아버지가 근무하고 있던 그 신문사에, 대학 졸업반이던 할머니가 실습을 오고, 거기서 두 사람이 만나 결혼을 하고, 네 아빠가 태어나고— 그렇게 해서 이 귀여운 내 손녀 영주가 지금 나한테 안겨 있구나 싶어서였지.

이제 탑을 내려가야 할 차롄데, 내가 올라올 때 내린 엘리베이터 입구에 서 있으니까 영주가 "내려갈 때는 한 층 올라가서 타라고 해 놓았다."고 해. 그래, 보니 과연 입구에 그렇게 써 놓았더구나. 학교에 들어가지도 않은 애가, 이제 글도 술술 읽고— 더구나 할아버지도 모르고 있는 것을 먼저 보고 알려주고— 우리 영주 정말 똑똑하지.

용두산을 내려와서는 택시로 부산역 앞에 있는 초량의 중국 음식점 원향재로 가서 거기서 할머니를 만나 볶음밥을 시켜 먹었다. 그 중국집은 역사가 1백 20년이나 되는 곳으로 중국 사람이 직접 경영하는, 전국에 알려져 있는 유명한 곳이지. 영주는 그 많은 양의 볶음밥 한 그릇을 맛있게 거의 다 먹었어.

2006.2.18.

산길에서 잃어버린 콩알만 한 인형 신발

아침 일찍 일어나 영주와 할아버지, 할머니가 금정산 등산에 나섰다. 오전 9시 금정산 위 케이블카 종점 앞에 있는 한 식당에서 우리 내외의 등산회원들과 만나기로 되어 있어서였다. 서둘러 출발한데다 영주가 잘 걸어주어서 약속한 시간에 맞추어 식당에 도착했다. 회원들이 모두 제 시간에 와, 이제 막 즐거운 아침 식사가 시작 되려 하고 있었다. 그런데 영주한테서 한 가지 문제가 생겨버렸다. 영주의 인형 신발 한 짝이 없어져버린 것이다.

그 인형은 한 가지 사연이 있는 것이었다. 3월 25일 영주가 할아버지 집에 왔는데 하필 이빨 한 개가 심하게 흔들렸었다. 그럴 경우 제 때 뽑아주지 않으면 사랑니가 제 자리를 잘 잡지 못해 덧니가 난다는 말을 들은 적이 있는지라 치과에 가서 뽑기로 했다. 할머니가, 치과라면 어른도 겁을 내는데 애가 잘 가려고 하려나— 걱정을 하면서 가자고 했더니 그러마고— 시원시원하게 대답을 하고 따라 나섰다. 병원에 가서도 간호원에게 "내, 이빨이 흔들려서 뽑으러 왔어요." 하고는 치과용 의자에 가서 앉더란다. 보통, 애들은 병원 자체를 안 가겠다고 버티고, 문 앞에 가서도 또 안 들어가겠다고 울고 야단인 경우가 많은데 어른처럼 의젓이 이빨을 뽑았다고 한다. 그래서 할머니가, 하도 착해서 선물을 사 주어야겠다면서, 무엇이 가지고 싶으냐고 물었더니 인형을 사 주면 좋겠다고 하더란다. 그래서 산 것이 그 인형인데, 한가르마를 반듯하게 탄 머리에 비녀를 지르고 분홍치마에 노란저고리를 차려입은 전형적인 조선여인이었다. 그런데 그 인형이 신고 있던 앙증맞은 신발 중 한 짝이 없어져버린 것이다. 처음, 인형을 내 등산배낭에 넣어지고 오다가 그 식당에서 3백 미터 쯤 떨어진 곳에 있는 휴정암이란 암자 뜰에서 영주가 달라고 해서 꺼내 주었는데 그 때 벗겨진 것이 아닌가 싶었다. 그러나 그것은 순전히 나의 추측일 뿐, 그 때는 한 컬레가 다 신겨져 있었는데 영주가 인형을 가지고 오던 중 어디선가 벗겨져 떨어져버린 것인지도 모를 일이었다. 이름이 신발이지 말 그대로 콩알만 한 것인데 이 야산에서 어떻게 찾을지 막연하기 짝이 없었다. 친구들은 찾기 힘들다고 포기하라거니, 찾으러 가드라도 식사나 하고 가라거니 했지만 나는 선걸음에 그 길을 되짚어 갔다. 무엇보다 정숙한 조선숙녀가 신발을 한 짝만 신고 있는 것은 상상도 할 수 없었고 그렇다고 맨발로 있는 모양도 꼴 같지 않을 것이기 때문이었다. 거기다 또 한 가지 내 나름의, 그 신발을 찾지 않을 수 없는, 설사 찾지 못하드라도 노력은 해 보지 않을 수 없는 이유가 있었다. 영주에게 물건을 소중하게 생각하는 모습을 보여 주고 싶었던 것이다. 백 마디, 천 마디 말보다 이럴 때 사람들의 만류도 뿌리치고, 허기진 배를 안고 그것을 찾아나서는 것이 좋은 교육이 될 것이기 때문이었다.

신발은 내가 추측한 대로 그 암자 뜰에서 찾았다. 워낙 짙은 옥색이라 자갈 사이에 떨어져 있는데도 한눈에 들어와 크게 애를 쓰지도 않고 쉽게 찾을 수 있었다. 돌아와서, 신발을 영주한테 주고 먹은 그날 아침밥은 꿀맛 같이 달았다.

2006.3.26.

섬진강 매화마을 구경

3월 11일, 영주가 할아버지 집에 와서 자고 이튿날 매화마을 테마여행을 다녀왔다. 아침 6시 반에 서면에서 출발이라 영주를 5시에 깨웠는데 여행에 대한 기대 때문인지 조금도 칭얼거리지 않고 일어났어. 영광도서 앞에 대기 중인 버스에 타고는 할머니가 준비해 간 아침밥을, 삶은 문어를 반찬으로 맛있게 먹었지. 오전 11시 쯤 구례 섬진강변의 매화마을에 도착했다. 여행사의 안내언니가 영주를 특별히 귀엽게 보아 영주 손을 잡고 매화마을 동산으로 올라갔지. 녹색의 청매화, 흰색의 백매화, 그리고 빨간색의 홍매화가 한창 보기 좋게 피어 있더구나. 그 언니는 여행사 홈페이지에 올릴 거라면서 영주 사진을 몇 장이나 찍었어.

꽃구경을 마치고는 버스를 타고 옛날 사람들이 살던 마을을 복원해 놓은 낙안읍성으로 갔지. 그런데 그곳에 거의 다 가서 문제가 생겼어. 영주가 쉬가 마렵다는 거야. 곧 도착하는데 참을 수 있겠느냐고 했더니 "응, 참을 수 있다."고 했지. 그런데 조금 더 가다가 도저히 안 되겠는지 안절부절이야. 좀 부끄러웠지만 할 수 있나, 할머니가 버스 기사아저씨한테 사정을 말했지. 그 아저씨가 친절하게, 길가에 차를 세워 주었다. 그래서 영주는 그 차와 30 여 명의 일행을 대기시켜 놓고 시원하게 쉬를 했지. 그 대신 할머니는 영주를 앞세우고 차에 올라서는 손님들한테 "죄송합니다. 죄송합니다." 하고 두 번, 세 번 인사를 했어.

낙안읍성에서는 영주가 그네도 타 보고 옛날 사람들이 산 집 구경도 하고는 그곳 음식점에서 점심을 먹었다. 거기서 다시 보성 녹차밭 구경을 하고 녹차 시음장의 물레방아 앞에서 할머니, 할아버지와 셋이서 기념사진도 찍었다.

다음은 그날의 맨 마지막 일정, 딸기밭 체험이었어. 비닐 보자기로 신발을 싼 다음 딸기밭에 들어가 잘 익은 딸기를 따 먹기도 하고 스티로폼 케이스에 따 담아 오기도 했지. 딸기밭에서 버스까지는 거리가 한 2백 미터 넘게 되었는데, 내가 먼저 버스 있는 데 와서 보니까 영주가 마산에서 온 아홉 살 난 오빠하고 달리기 겨루기가 붙었어. 처음에는 영주가 약간 뒤처져서 뛰더니 중간쯤에서는 기어이 그 애를 추월해, 결국은 차 있는 곳에 먼저 도착하더구나. 그런데 달리는 데 너무 용을 썼던가 보지? 숨을 할딱이며 할아버지한테 오더니 또 쉬가 급하다고 해서 저 쪽 언덕 아래로 가서 해결을 했지. 여하튼, 그 날은 그놈의 쉬가 계속 문제였어. 그런데 너희들이 달리기하는 것을 다른 사람들도 본 모양이지? 모두들 영주를 보고 “아이구, 너 달리기를 어떻게 그렇게 잘 하니?” 하고 놀라더구나.

돌아올 때는 영주가 피곤했든지 잠이 오는 것 같아. 그래서 버스의, 할아버지 의자와 영주 의자를 틔워 거기에 영주를 재웠어. 그 덕분에 할아버지는 근 세 시간을 앉지도 못하고 서서 와야 했단다. 저녁 9시 쯤 화명동에 도착했는데 영주가 문방구에 가서 뭘 사 달라고 해. 낮에 몇 번을 그 말을 하길레 근성으로 그러마고 했었는데 그것을 잊지 않고 있다가 계속 보채는 거야. 할아버지는 영주가 할머니와 문방구에 들어가는 것을 보고, 먼저 집에 왔어. 그런데 얼마 안 있어서 영주가 울면서 할머니를 따라 들어왔다. 목걸이를 사 달라고 했는데 할머니가, 그런 것은 영주 집에도, 할머니 집에도 있는 것이라 살 필요 없다면서 안 사 주었다는 거야. 계속 고집을 부리면서 울더니 이번에는 할아버지를 보고 달려들어. “할아버지, 할아버지는 거짓말 안 하는 사람이라고 해 놓고!” 하고 고함을 질러. 언젠가 한 번, 할머니가 세상 사람들이 모두 할아버지는 거짓말 안 하는 사람이라고 한다고 한 적이 있는데 그 말을 가지고 시비를 걸어오는 거야. 그렇게까지 나오는데 어쩌겠노? 할 수 없이 다시 할아버지가 영주를 데리고 가서 시계도 나오고 음악도 나오는 그 목걸이를 만 원이나 주고 사 주었지. 영주가 잘 알아 두어야 할 것이 한 가지 있는데 할아버지와 할머니는 언제나 돈을 절약해 써서 몇 천 원 쓰는 것도 아주 어려워했단다. 어쨌든 그 날 여행은 참 즐거웠어. 영주도 그 뒤 몇 번이나 “테마여행, 또 가자. 그 여행 있을 때마다 가자. 간데 또 가도 된다.”고 한 것을 보면 아주 즐거웠던 모양이야.

2006.3.13.

꼬마도깨비의 기원

영주는 세 살이 되면서부터 할아버지, 할머니가 많이 늙었다는 것을 알고 그것이 안타까운 생각이 드는 것 같았다. 세 살이 된 그 해 12월, 할아버지와 놀던 영주가 갑자기 "할아버지, 우리 집에 도깨비방망이 있다. 내, 집에 가면 그 방망이 가지고 '할아버지, 할머니, 젊어져라, 뚝딱!' 해 줄 게."라고 했다. 그래서 될 일이 아니라는 것은 저도 뻔히 아는 것 같았는데, 그래도 그런 말을 하는 것을 들으니 그 마음이 고맙기만 하더구나. 아이구, 우리 고맙고 고마운 꼬마 도깨비!

한 번은 할아버지, 할머니와 등산을 하던 중에 할머니가 "할아버지, 할머니 죽고 나면 영주는 우리하고 산에 왔던 생각, 많이 나겠다.”고 했더니 어둠이 가득한 얼굴로 “할아버지, 죽지 마! 할머니도─” 하고 소리를 질렀다. 그래서 아, 그런 이야기가 이 애한테는 충격이 되겠구나 해서 우리 내외는 이제 다시는 죽는다는 말은 하지 않기로 했단다.

또 이런 일도 있었다. 함께 길을 가다가 한 번 씩 영주가 할아버지, 할머니를 확 확 잡아끌어 당겨. 왜 그러는지 이유를 알아보니 이 역시 제 딴엔 우리를 끔찍이 생각해서 한 짓이었어. 언젠가 비 온 날 맨홀 뚜껑을 밟은 사람이 감전이 되어 죽었다는 말을 들은 다음 그것이 겁이나 우리가 맨홀 뚜껑 근처만 가도 그렇게 잡아당긴 거야.

영주는 어린애답지 않게 간혹 할아버지 외모 걱정도 했다. 어느 날은 충충한 녹색 바지를 입고 나서려고 했더니 “좀 좋은 바지 입어라.”고 짜증 섞인 소리를 하고 언젠가는 제 할머니한테 “할머니, 할아버지 옷 좀 사 줘라. 머리 염색 좀 해 줘라.”고도 하더라는구나.

그 중에서도 며칠 전 구례 산동마을로 산수유 구경을 갔을 때의 일은 특히 잊어지지 않는다. 산수유 구경을 한 바퀴 하고 자유시간이 되어 잠깐 쉬고 있는데 영주가 오더니 “와, 가만히 있노? 뭐 먹어라. 내 돈 있다. 동전도 많이 있고 천 원짜리도 아홉 개 있다. 뭐 사 주꼬? 옥수수 먹을레? 밤 사 줄까?” 제 조그만 분홍색 지갑을 꺼내 들고 재잘거리는 말이 어떻게 귀엽든지.

　영주는 네 살 때부터 등산에 따라 다녔는데 왕복 4 킬로쯤이나 되는 산길을 잘도 걸었지. 그러다가도 아주 힘이 들면 "다리 아파―" 하면서 그 자리에 가만히 주저앉았다. 그러면 할아버지가 애처로워서 볼 수가 있나, 하는 수 없이 배낭은 할머니한테 맡기고 업었지. 그런데 애가, 할아버지가 힘들다는 것을 너무 많이 의식해. 그래서 몇 걸음 안 가서 두 다리를 토닥토닥, 내려달라는 거야. 실제로, 할아버지는 그렇게 잠깐씩 업어도 힘이 들었어. 어느 날엔가는 집에 와서 보니 팔뚝에 시퍼렇게 멍이 들어 있어. 애를 떨어뜨리지 않으려고 너무 힘을 주어 놓으니까 피멍이 들었던 모양이야. 영주가 그것을 보더니 뽀르르 어디로 달려가. 뭘하나 보았더니, 구급약상자를 들고 오는 거야. 그러고는 거기서 무슨 연고 같은 것을 꺼내 오더니 발라 주면서 "이거 바르면 낫는다."고 했다. 그 약이 어디에 쓰는 무슨 약인지 알 수 없었지만 해로운 것은 아닐 거고, 애 마음이 하도 고마워 멍든 곳이 시원한 게 제 말 대로 금방 나을 것만 같았다.

2006.4.1.

우주는 끝이 없어?

영주는 아주 어릴 때부터 상상력이 유달리 뛰어났었다. 텔레비전 유아 프로그램도 즐겨 보았지만 동화 듣기를 특히 좋아했다. 그래서 할머니가 틈만 나면 <백설공주>, <피노키오> 같은 동화를 읽어주었지. 네가 세 살 때는 할아버지가 이주홍 선생님이 쓰신 동화 <산골 아이>를 읽어 주었다. 이주홍 선생님은 생전에 할아버지가 몇 번 만나 뵌 분이고 그 동화는 아주 아름다운 이야기라 특별히 서점에 가서 사왔었지. 산골에서 아버지, 누나 이렇게 세 식구가 살고 있던 어린 소년 돌이가 누나가 시집을 가버리자 슬픔에 잠기지만 그래도 꿋꿋이 그것을 이겨내고 그 생활에 적응해 간다는 이야기지. 그 책의, 누나와 소년이 이별하는 장면을 읽어 주었을 때 영주가 할아버지 무릎에 앉아 이마를 찡그리고 눈을 가느다랗게 뜨고 잔뜩 슬픈 표정으로 듣던 모습이 지금도 눈에 선하단다.

또 너는 그 무렵 너의 장래를 두고 생각을 하다 심각해져 가지고 울음을 터뜨린 일도 있었다. 하루는 혼자 한참 동안 무엇을 심각하게 생각하고 있는 것 같더니 갑자기 "내, 다음에 결혼하고 나면 엄마, 아빠하고 떨어져서 살아야 되고 엄마, 아빠 볼 수도 없고… 그래서 영주는 슬퍼." 하면서 눈물을 줄줄 흘리면서 엉엉 소리를 내어 우는 거야. 조그만 녀석이 제 혼자 상상을 해 가지고 단막극 시나리오 한 편을 써서는 제가 연기를 하고… 참, 우습기도 하고 재미있기도 했었지.

언젠가 계곡에 놀러 갔을 때 일도 생각이 나는구나. 준비해 간 도시락으로 점심을 먹고 난 뒤 영주가 개울에서 올챙이 한 마리를 잡았어. 그놈을 가지고 놀다 집으로 가야할 시간이 되니까 반찬그릇에 담아 집에 가지고 가겠다고 했다. 그랬다가는 제대로 기르기보다는 죽이기가 십상이다 싶어 개울에 놓아 주고 가자고 했지만 안 하겠다고 고집이야. 그래서 할아버지가, 네가 잡아가버리면 이 올챙이 엄마, 아빠가 얼마나 슬퍼하겠느냐, 그러니까 제 엄마, 아빠한테 보내주자고 했더니 잠깐 생각을 하더니 네 손으로 그

놈을 처음 잡아온 곳에 도로 놓아주고 왔어.

다섯 살 때 영주는 할아버지 집에 오면 한 가지 신나는 일이 있었는데 그것은 할아버지, 할머니를 졸라 문방구에 가서 무얼 사는 것이었어. 그런데 영주가 귀엽다고, 말하는 대로 다 사 주자니까 끝이 없어. 또 돈을 낭비하는 버릇이 생기게 되면 그것도 문제고— 그래서 '돈은 아껴 써야 된다'고 말을 해 주었지. 그랬더니 "왜?" 하고 물어. 그래서 "돈을 막 써버리고 할아버지, 돈이 없어서 다 떨어진 옷 입고 '돈 한 푼 주세요' 하고 다니면 되겠느냐?"고 했더니 "아니." 하고는 "그러면 내 돈 줄게. 내 동전도 있고 큰돈도 있다. 그렇게 되기 전에 줄게."라고 했다. '그렇게 되기 전에'라고 하는 것을 보면, 할아버지가 다 해진 옷을 입고 구걸을 하고 다닌다는 것은 생각도 할 수 없다는 거지.

영주는 생각이 아이답지 않게 논리적인 데가 있어서 할아버지는 놀랄 때가 더러 있었단다. 네가 다섯 살 때 추석이었지. 조용할 때 나한테 오더니 "할아버지, 추석날도 맨 같은 날이제?" 하고 물었다. 추석이 되면 집안 사람들이 모두 모이고 고운 옷들을 차려 입고 제사를 모시고 하는데 제가 보기에는 그날도 여느 날과 같이 동쪽에서 해가 뜨고 하루가 지나면 또 해가 지고 밤이 오고, 하는데 왜 그렇게 법석을 떠는지 모르겠다는 모양이었다. 그래서 추석은 둥근

달이 뜨고 햇곡식과 햇과일이 익어 그것으로 조상님께 감사의 인사를 드리는 날로 정한 것이지만 보통날과 다름이 없는 것도 맞다고 해 주었지.

여섯 살 때 어느 봄날에는 유치원에서 배운 듯, '지구' '행성', '태양계'가 어떠니 하고 이야기를 하더니 "할아버지, 우주는 끝이 없나?" 하고 물었다. 그래서 그렇다고 했더니 "끝이 없는 것이 어떻게 있노?" 하고 다시 물어. 거기에는 할아버지로서도 아는 것도 없고 대답할 말도 없어서 "그래, 그것 참 이상하지? 그런데 그것은 할아버지도 모른단다. 할아버지뿐 아니라 이 세상사람 아무도 모른단다. 그러니까 영주가 앞으로 잘 생각해 보렴."이라고 할 수밖에 없었지.

2006.4.12.

곶감을 산 사연

　4학년 여학생 몇 명이 봄나들이를 가자고 졸라 생각 끝에 같이 다녀오기로 했는데 아무래도 영주가 있으면 내가 덜 심심할 것 같아 데리고 갔다. 그래서 12일, 나선 것이 1박 2일의 영취산 소풍이었다. 지하철, 버스를 타고 양산 통도사 앞에서 내려 그 절을 휭 한 바퀴 돌아와 절 앞 여관에 들기로 한 것이다.

　벚꽃은 많이 졌지만 한적한 시골 산록에는 제비꽃·민들레·진달래 등 각종 야생화가 다투어 피어 있어 기분이 상쾌했다. 거기다 그 여행에서 영주가 아주 고운 마음을 가진 아이라는 것을 알게 되어 할아버지는 기분이 더욱 좋았다.

통도사 입구에서 출발해 절을 왼쪽에 두고 오른쪽 산기슭을 약 2 킬로를 돌아 극락암에 이르렀다. 극락암은 현대의 고승 경봉스님이 만년에 머무르신 곳으로 유명할 뿐 아니라 절도 아담하고 대숲과 솔숲이 울창한, 주변 경관이 아주 아름다운 곳이지. 그 암자를 대강 둘러보고 다리를 쉰 다음 다시 출발해 자장암 쪽으로 향했다. 자장암은 절 경내의 큰 바위 안에 있는 조그만 웅덩이에 금개구리가 산다 하여 소문이 널리 나 있는 암자인데 우리는 그 절에까지는 가지 않고 그 앞, 개울에서 쉬다가 숙소로 갈 예정이었다. 그곳으로 가는 길은, 간혹 차도 지나다니지만 비교적 한적하고 주위가 산자락과 논밭이라 걷는 사람 마음이 참 편안했다. 개울 쪽으로 가기 위해 차도에서 오른 쪽, 샛길로 접어들어 한참을 걸어가자 길가에서 두 할머니가 나물이랑 막걸리·떡 같은 것을 팔고 있었다. 사람들 내왕도 별로 없는데 저러고 있으면 무슨 벌이가 되겠나 해서 민망한 마음이 들었지만 그냥, 저만큼 앞서 가고 있는 학생들을 따라 걸었다. 그런데 얼마쯤을 나를 따라오던 영주가 갑자기 내 팔을 잡아끌면서 "할아버지, 곶감 사줘."라고 했다. 그 할머니들 좌판에 곶감이 얹혀 있는 것을 보아 두었다가 사 달라고 한 것이다. 애가, 아침 먹은 지 오래 되어 놓으니까 배도 출출하고 그런 모양이구나 싶어 영주와 되돌아가서 10 개 꽂이 한 줄에 5천 원을 주고 샀다. 자장암 못 미쳐 맑은 물이 시원하게 흐르는 개울에 도착하니 벌써 12시가 가까워, 거기서 점심을 먹기로 했다. 학생들은 저들이 준비해 온 김밥을 내 놓고 영주와 나는 할머니가 싸준 도시락을 꺼냈다. 청명한 봄날 시원한 물에 발을 담그고 꽃같이 이쁜 애들이랑 먹은 점심은 참 맛있었다.

그런데 학생들은 내가 권하니까 조금 전에 산 곶감을 한두 개씩 맛있게 먹는데 영주는 한 개를 가지고 뒤적되적하고, 즐겨 먹는 눈치가 아니었다. 그렇다고 왜 너 먹지도 않을 걸 사달라고 했느냐고 하기도 그렇고 해서, 그냥 못 본 척 넘어가버렸다. 한참을 거기서 놀다가 다시 걷기 시작하여 통도사에 도착해 절 구경을 대강 하고 나와서 오전에 예약해 두었던 여관에 들었다. 저녁때까지 시간이 많이 남아 한가하게 쉬게 되었는데 그 때 "영주, 곶감을 잘 안 먹던데 그럼, 왜 사달라고 했지?" 했더니 "그 할머니, 보니까 마음이 안 돼서 그랬다. 할아버지는 안 된 마음 안 들더나?"고 했다. 그래, 역시 그랬었구나. 다문 몇 푼어치라도 팔려고 먼지 나는 길가에 앉았는 할머니들이 안쓰러워 별로 먹고 싶은 마음도 없으면서 그것을 사 달라고 했다는 것이다. 할아버지는 그 말을 듣고 영주의 마음이 하도 아름다워 기분이 말할 수 없이 좋았다.

2006.4.14.

즐겁고도 괴로운 소꿉놀이

사람들이 모두 특별한 경우라고 할 만큼 영주는 할아버지와 놀기를 좋아했다. 처음으로 나와 놀이를 하기 시작한 것은 네가 두 살 때인 2002년부터였던 것 같다. 내 집에 오면 할머니랑은 대강 인사만 하고 바로 내 팔을 잡아끌고 너의 장난감들이 있는 작은방으로 갔지. 거기서 밥 지어, 상 차려서 마주 앉아 식사하는 놀이부터 아침에 일어나 세수하고 출근하는 흉내내기까지 여러 가지 놀이를 했다. 그럴 때는 아무도, 할머니까지도 그 방에 들어오지 못 하게 안에서 방문을 잠가버렸단다. 네가 집에 갈 시간이 되어 네 엄마나 아빠가 와서 현관 벨을 누르면 그 소리를 듣고는 방에서 나가 네 할머니에게 "문 열지 마, 문 열지 마. 아빠 아니

면 엄마다. 문 열어주면 또 가자, 가자 한다."고 하기도 했
지.

어떤 날은 내가 학교에서 퇴근해 집에 들어오면 낮에 와
있으면서 놀 상대가 없어서 심심해 있었던 듯, 날아오듯이
현관으로 달려 나와 나를 맞았다. 그리고는 내가 옷 갈아입
고 손 씻고 하기가 바쁘게 그, 놀이방으로 빨리 오라고 재
촉이 성화같다. 조금이라도 지체를 하면 손으로 나팔 모양
을 만들어가지고는, 그 말은 또 어디서 들었는지 "장양수
씨, 이리 와 주시기 바랍니다." 하고 방송을 한다. 그래도
냉큼 가지를 않으면 또 다른 앙큼한 재촉이 온다. 유치원에
서 배운 <고기를 잡으러> 노래의 가사를 바꾸어 "장양수
잡으러 바다로 갈까요…" 하면서 왼발 두 번, 오른발 두 번
씩 뜀뛰기를 하면서 '잡으러' 온다.

세 살 때 어느 날인가에는 제부터 먼저 무슨 인형 하나를
업고는 나한테 토끼 인형 하나와 띠를 가지고 와서 업어라
고 한다. 70을 바라보는 노인이, 모양이 좀 그렇다 싶어도
곁에 붙어 서서 졸라대는 바람에 하는 수 없이 업었다. 그
런데 문제는 거기서 끝이 아니라는 데 있다. 처음에는 깡충
깡충 뛰라고 해서 하라는 대로 했더니 이번에는 엉금엉금
기란다. 녀석은 조금도 나의 나이나(당시 만 63세), 사회적
신분이나 지위 같은 것(21년차 대학교수)은 생각해 주지

않는다. 아무도 보는 사람이 없기 망정이지, 나 참.

다섯 살 때, 하루는 내 집에 와서 노는데 어디서 둘이 손으로 하는 놀이를 보았던 모양, 그것을 하자고 했다. 먼저 새끼손가락을 마주 거는데 그것은 '약속', 그 다음 그 손가락을 그냥 건 채 엄지손가락을 맞대는데 그것은 '도장 찍기'고 두 손바닥을 쓰윽 부비는 것은 '복사', 두 손으로 서로의 손바닥을 마주 훑어 당기는 것이 '코팅'이다. 처음 한두 번은 애들이 기발한 놀이도 개발했구나 하고 같이 했는데 그것을 끝도 없이 자꾸 하잔다. 한참을 하고나니 지겹고 지쳐서 더 이상 하고 있을 수가 없었다. 그래서 이제 그만하자고 했더니 자꾸 더 하자고 보챈다. 그래도 기어이 안 하겠다고 했더니 샐쭉하더니 제 집에 전화를 건다. 그리고는 제 애비한테 차 가지고 자기 데리러 오라고 한다. 그러니까 제 애비가 '네가 가려고 해서 데려다 주었는데 왜 금방 데리러 오라고 하느냐'고 한 모양이다. "그 때는 이런 일이 일어날 줄 몰랐다."고 하는 걸 보니―. 참, 어이가 없어서― '이런 일'이 일어났다고 하는데 도대체 무슨 일이 일어났다는 거야. 마침 제 애비도 바빠서 데리러 올 수 없다고 하는 것 같고― 그래서 어쩌는가 보자 하고 모른 척하고 있었다. 그랬더니 제 장난감이랑 들어 있는 작은방으로 들어가더니 안에서 문을 잠가버린다. 애를 너무 오래 그렇게 내버려 두기도 그렇고 해서 혼자 그렇게 있지 말고 나오라고 해도 안에서 씨익— 씨익 하면서 안 나오겠다고 한다. 하는 수 없이 또 한참을 그렇게 두었다가 다시 한 번 문을 두드렸더니 그제야 문을 빼꼿이 연다. 저도 이제 지쳤나 보다 했더니 그것도 아니다. 바로 나오는 것이 아니고 문틈으로 내다보고는 "잘 못 했다고 하면 또 모르지만—" 한다. 사과를 하면 그 때는 한 번 생각을 해 보겠다는 흥정을 걸어오는 것이다. 하는 수 있나— 그래, 할아버지가 잘 못했다고 해서 방에서 나오기는 했는데 그 덕분에 나는 또 그, 약속하고, 도장 찍고, 복사하고, 코팅하는 지겹고 지겨운 놀이를 얼마나 더 오래 해야 했는지 모른다.

2006.5.17.

호화 유람선을 타고 —

5월 — 계절도 좋은 때고 해서 큰마음 먹고 영주와 유람선 여행을 한 번 하기로 했다. 부산 중앙동 국제여객부두를 떠나 태종대 — 몰운대 — 오륙도를 거쳐 바다 위에서 하룻밤을 자고 이튿날 오전, 전날 출발한 부두로 되돌아오는 일정인데, 요금이 한 사람에 10만 원이 넘고 어린이도 같은 돈을 내야 해서 좀 비싼 편이었지. 5월 20일이 출발이라 영주는 그 전날, 화명동 할아버지 집에 와서 잤다. 19일에는 종일 비바람이 심해서 이튿날의 날씨 걱정을 좀 했는데 자고나니 쾌청해졌어.

20일 오후 2시 부두에 도착하여 3시에 배에 올랐다. 배는 2만 1천 톤의 팬 스타(Pan Star=뭇 별)호로 굉장히 크고 멋있었어. 버스로 이동해 배 타는 곳에 도착해 차를 내리니까 브라스 밴드가 쿵작쿵작, 우리를 환영하는 행진곡을 연주했는데 영주는 그때부터 기분이 좋아가지고 싱글벙글 웃기 시작했어. 배에 올라 침대 네 개짜리 방에 들어갔다. 세면대에, 텔레비전까지 갖추어져 있어, 그런대로 불편이 없게 되어 있었다. 영주는 방에 들어갔다가 나와서는 제 엄마한테 전화를 걸어 "엄마, 배가 호텔 같다."고 자랑을 했다. 얼마쯤 있으니까 객실 안 스피커에서 '올 스탠바이(All standby=전 부서 출항 준비)!' 하는 방송이 나오고 엔진도 더 빨리 움직이는 것 같아 이제 출발하려는구나 하고 있는데 영주가 "인자(이제) 출발할랑갑다. 배가 덜덜 떤다."고 했다. 여하튼, 돌아가는 상황 읽는 것이 여간 빠른 것이 아니야.

배가 부두를 떠나 바깥바다로 나갈 때 영주와 할아버지는 1층 홀 천장에 붙여 놓은 풍선 대여섯 개를 떼어가지고 갑판으로 올라갔다. 배 회사에서 그 풍선에 대고 소원을 빈

우리가 탄 유람선 '팬 스타'호

다음 날리면 그것이 이루어진다고 했기 때문이었지. 갑판에 올라가서 내가 "'영주, 건강하게 자라게 해 주세요.' 하고 빌어라."고 했더니 영주는 그렇게 안 빌겠다고 했어. 그럼 뭐라고 빌 거냐고 했더니 "'우리 가족 모두 건강하게 해 주세요.' 할 거야."라고 했지. 그러고는 풍선 한 개를 두 손으로 잡고 눈을 감고 고개를 숙이고 한참을 비는 거야. 제 생각만 안 하고 가족 생각까지 하면서 기원을 하고 있는 네 모습이 얼마나 귀여운지, 할아버지는 눈물이 나려 했단다. 그러고는 그 풍선을 날렸는데 순식간에 아득히, 창공 저 멀리 날아가더구나.

할아버지는 갑판 위의 카페 '유메(꿈)'에서 맥주를 마시고 있었는데 영주는 "할아버지, 심심할까 싶어서 왔다."고 하면서 몇 번이나 와서 마주 앉았다가 가곤 했지. 배가 항구 밖을 나가 저 앞에 오륙도가 보이길레 "영주야, 저 것 봐라. 저 게 오륙도다." 했더니 "오륙도, 아까 할머니하고 봤다."고 했다. 할머니가 그 섬들을 가리키면서 저 것이 오륙도라고, 부산의 열 가지 자랑거리 중 하나인데 할아버지가 그 열 가지를 정한 사람 중 한 사람이라고 했던 모양이지? 그 때 너는 오륙도 말고 다른 자랑거리는 뭐냐고 물었는데 할머니가 대답을 못 했다더구나. 그것을 정한 것이 20년 쯤 전 일이라, 전부 다 기억은 안 나는데— 범어사 · 금정

상갑판에서 할머니와…

산성·영도다리·태종대·낙동강　철새도래지·자갈치
시장·동래들놀음·유엔묘지 같은 것이란다. 밤에는 가
수들의 노래·색소폰 연주·러시아 무용단의 춤 등 화려
한 공연이 펼쳐졌는데 영주도 잠깐 그 외국인들과 어울려
춤을 추었지. 이번 여행의 하이라이트는 밤 8시 50분, 갑판
에서 벌어진 불꽃놀이 구경이었다. '탕!' 소리가 나고 나면
'슈— 우' 하면서 하늘 높이 올라간 폭죽이 '펑!' 소리를 내
면서 찬란한 불꽃을 피우면서 터지는데 정말 볼만 했어. 그
것을 보고 있으니 마치 우리가 화려하고 찬란한 꿈속 세계
에 있는 것 같았다. 그 구경 한 가지만으로도 그 날의 배 여
행은 돈이 하나도 아깝지 않았다.

2006.5.23.

말솜씨가 부쩍 늘어─

영주가 어릴 적부터 말을 잘 했다는 것은 다른 데서 몇 번 이야기 한 적이 있지? 아주 어릴 때부터 그랬어. 어른들 하는 이야기를 듣고는 그 말들을 기억하고 있다가 다음에 어디 딱 들어맞는 데다 갖다 쓰는데, 어휘가 여간 풍부한 게 아니었어. 세 살 때 벌써 '선경3차', '부동산', '실망', '분명히', '고민고민하다가' 어쩌고 하는 거야. 할머니가 외할머니하고 두 분이니까 그 두 분 이야기를 할 때는 외할머니는 안경을 끼고 계신다고 '안경할머니'라고 하고 친할머니는 '치마할머니'라고 했어. 나는 상당히 오랫동안 할머니가 치마를 입고 있을 때가 많으니까 그렇게 부르는가 했는데 그 뒤에 가만히 생각하니 그게 아니었던 것 같아.

누군가가 '친할머니'라고 들려주었는데 그것을 '치마할머니'로 들은 것이 아닌가 싶어.

여섯 살 때부터는 할아버지한테 말 대거리하는 것이 보통이 아니었어. 조금 제 듣기 싫은 말이라도 할라치면 "아니, 무슨 말을 그렇게 해요?"하고 막 들이받아. 처음 그 말을 들었을 때는 깜짝 놀랬지. 아니, 조그만 녀석이 무슨 말을 그렇게 해, 그래.

그 밖에도 이야기하다가 장난기가 동하면 '알겠소이다' '걱정 붙들어매세요' 같은 소리를 예사로 한다. 뭔가를 거절할 일이 있으면 그냥 싫다고 하지 않고 잔꾀를 쓴다. "가만, 점을 한 번 쳐 보자."면서, 마지막 글자가 제한테 와서 끝나면 '안 되겠다'는 괘라고 한다. 그러고는 손가락으로 나와 자기를 번갈아 가리키면서 "코카콜라 맛있다. 맛있으면 또 먹지. 딩댕동!"한다. 요놈이 미리 계산을 해 놓아서 마지막 '동'은 언제나 제한테 가서 떨어지게 된다. 그리고는 '괘'가 이렇게 나와서 안 되겠다고 한다. 나 참, 쩝, 쩝—.

어쩌다가 처음 듣는, 뜻을 잘 모르는 말이 나오면 그냥 어물쩍 넘어가지 않는다. 그러다 보니 제 속마음을 들켜버리는 수도 있었다. 다음이 그런 경우였지. 애들이 다 그렇겠지만 영주는 제 칭찬하는 것을 아주 듣기 좋아한다. 그런

데 앙큼하게도 누가 제 칭찬을 하면 먼 산을 보고 안 듣는
척 딴청을 부린다. 그래도 유심히 보면 숨소리마저 죽이고
한 마디 안 놓치고 다 듣고 있어. 지난 1월 어느 날 그것이
바로 들어나버렸지. 내가, 영주는 건강하고 예쁜데다 품위
가 있어서 좋다고 했더니 안 듣는 척 하고 있던 애가 갑자
기 눈이 반짝하더니 "품위가 뭐꼬?" 하잖아. 그래서 내가
'품위란 귀하고 좋은 인상을 말한단다. 왕자님, 공주님, 보
면 그렇지?' 했더니 '흐흥―' 하는 게 기분이 아주 좋은 거
야.

2006.7.3.

케이블카를 탄 영주와
하산 길 할아버지의 대화

어린 시절의 영주와 할아버지가 가진 시간 중 가장 많이 기억에 남는 것은 금정산 등산이 아니었나 싶어. 겨우 걸음을 걷기 시작할 때 할아버지, 할머니한테 안겨 그 산에 오른 후 열 살이 될 때까지 많이도 갔었지. 그 8~9년 동안 그 산 주변에서 있은 일들에는 잊어지지 않는 것들이 참 많아. 세 살 때였지. 금강공원 케이블카 종점 아래, 공터에서 네가 비둘기들에게 비스킷을 부숴서 던져주니까 근처에 있던 그 새들이 여기저기서 와— 모여들던 광경— 그렇게 한참을 모이를 주고 있더니 갑자기 "나도 먹고 싶어." 하던 일— 그래서 할아버지와 할머니는 웃으면서 "그래, 그래,

너도 먹어라."고 해 너는 그 과자를 몇 개 먹고, 물도 마시고 그런 다음 다시 모이 주기를 했단다.

네댓 살 때 영주가 산 위, 산정식당에 가면 사람들이 모두 너를 참 귀여워했다. 그래도 영주는 잠시도 할아버지 곁에서 떨어지지 않으려 했지. 화장실에 가면 거기까지 따라와서 문밖에서 기다리고 섰는 거야. 어느 날은 내가 거기서 상당히 먼 거리에 있는 휴정암으로 물을 길러 가려 했는데 영주는 화명동 쪽에서 걸어 올라와 놓으니까 다리가 아픈지 식당에서 기다리겠다고 했어. 그래서 그럼 금방 갔다 올게, 하고 일어섰더니 너는 내가 가는 것 보고 오겠다면서 따라 나섰어. 그래, 내가 저만치 가 안 보일만 하면 쪼르르, 보이는 데까지 따라오고, 거기 섰다가 또 안 보일성 하면 몇 걸음 더 따라오고— 그러더니 나중에는 안 되겠는지 "할아버지—" 하면서 달려와 결국 그 절에까지 따라와 할아버지가 물 긷는 것을 도와주고 그랬지.

케이블카도 자주 타 놓으니까 안내언니 한 사람이 영주를 아주 좋아했어. 영주가 케이블카를 타고 할아버지 친구 손녀 서영이에게 <곰 세 마리> 노래를 가르쳐 주는 것을 본 뒤로는, 그 처녀가 영주를 '곰 세 마리 아가씨'라고 했지. 영주도 사탕 같은 것이 생기면 그 언니한테 주기도 하고 같이 놀기도 했어.

그 중에서도 며칠 전의 일은 앞으로도 오래 기억에 남을 것 같아. 그 식당에서 아침을 먹은 후 영주는 서영이 가족과 케이블카를 타고 내려가고 할아버지는 케이블카 노선 아래로 걸어서 내려가기로 했지. 할아버지가 서둘러 내려가서 산 중턱 쯤에 도착해서 영주가 탄 케이블카가 내려오기를 기다리고 있었지. 그곳은 그 전에 산불이 났던 곳이라 주변에 나무가 없이 확 트여 있어 케이블카가 잘 보이게 되어 있었어. 조금 있으니까 케이블카가 머리 위로 지나가. 거리가 상당히 멀고 또 거기 타고 있으면 기계 소리, 승객들 이야기 소리 때문에 잘 들리겠나 싶으면서도 "장영주ㅡ, 장영주ㅡ" 하고 두 번을 불러 보았지. 그런데 영주가 들은 거야. "어, 할아버지다!" 하는 영주 목소리가 들리더니 창밖으로 얼굴을 내밀고는 "할아버지ㅡ, 할아버지ㅡ" 하고, 곁에 누가 있든 말든 상관 않고 두 번, 세 번 부르는 거야. 너희들이 케이블카를 내려와서 들으니, 서영이 할아버지는 내가 영주를 부르는 소리를 못 들었는데 영주는 용하게 들었다는 거야.

2006.7.25.

태종대 관광 무궤도열차를 타고

신문에 보니 9월 1일부터 영도 태종대를 한 바퀴 도는 무궤도 관광버스 열차가 운행되고 있다고 해, 그런 좋은 것이 있으면 우리 영주를 태워 주어야지— 하는 생각이 들었어. 사실은 그 전부터 언젠가 영주에게 영도 구경을 한 번 시켜 주어야지— 하고 있었는데 마침 잘 된 거지. 부산 사람들은 무심하게 생각하지만 영도, 그 중에서도 태종대는 전국에 소문이 나 있는 관광 명소야. 옛날에는 이 섬에서 나라에서 쓸 말을 길렀다고 해. 영도라는 이름도 그래서 생겼다고 한다. 이곳의 말이 하도 잘 달려서 한 번 달리면 그 그림자를 볼 수 없다 해서 처음에는 '그림자가 없는 섬, 무영도(無影島)'라고 했는데 그 뒤에 없다는 뜻의 '무(無)'자가 떨어져버리고 지금처럼 '영도(影島)'가 됐대. 나라의 말을 사육했다니, 그만큼 풀이 잘 자라는 땅이었다는 것이지. 그리고 태종대의 바닷가 깎아지른 절벽은 경치가 아름답기로 소문이 나 있다. 거기서 동남쪽을 바라보면 맑은 날에는 일본의 대마도까지 보이는 탁 트인 바다가 보는 사람의 가슴을 시원하게 해 주지.

2일 낮 1시, 할아버지와 할머니가 연산로터리 부근에서 영주, 영주 아빠와 만났다. 네 아빠가 차를 태워 주어 영도까지 즐거운 드라이브를 했지. 우리는 대교로에서 부산대교를 지나게 되었는데 1979년 그 다리 건설 당시 상량식을 할 때 할아버지가 배를 타고 바다에서 그 광경을 지켜본 이야기도 들려주었어. 그날 이 다리의 ∧형으로 생긴 아치를 완성했어. 당시 할아버지는 부산시에 출입하는 기자여서, 시장님과 배 위에 차린 돼지머리 제사상에 절을 하고는 그 아슬아슬한 공사를 끝까지 지켜보았지. 근 30년 전의 그 일을 영주를 데리고 가면서 회상하니 감회가 새로웠어.

그런 저런 생각을 하며 가다 보니 어느 듯 태종대야. 태종대란 조선 제3대 왕 태종이 이곳에 와서 사냥을 했다고 해서 붙여진 이름이란다. 왕이 그 먼 한양에서 이곳에까지 내려와 사냥을 했다니 숲도 울창하고 짐승도 많았을 뿐 아니라 경치도 그만큼 좋았다는 이야기가 되겠지? 네 아빠는 그대로 돌아가고 우리 세 사람은 승차권을 사서 25 분쯤을 기다린 끝에 '다누비'란 버스열차를 탔어. 세 칸의 창 없는 객차를, 앞에 선 버스가 천천히 끌고 가면 승객들은 좌우의 울창한 숲과 눈 아래 펼쳐진 절벽과 푸른 바다를 구경하게 되어 있었어. 우리는 태종대를 한 바퀴 돌아 되돌아와서는 한 음식점에 들어가 늦은 점심을 먹었다. 할아버지는 맥주 한 잔, 할머니는 돈가스, 영주는 칼국수를 먹었지.

그런데, 다 좋았는데 차 기다리기가 지루했다면서, 차가 두 대 밖에 안 되니까 그렇다고 했더니 영주가 "차, 세 대다."고 해. 나와 할머니는 두 댄 줄 알았는데— 했더니 영주가 "세 대 맞다. 주황, 초록, 노랑, 세 가지 색깔이었다."고 해. 그랬었구나. 우리는 예사로 보았는데, 여하튼 우리 영주, 눈썰미 하나는 정말 대단해.

2006.9.3.

토끼가 죽은 날

17일, 영주에게 영주가 태어나고는 처음으로 아주 슬픈 일이 있었다. 너는 16일, 네 엄마, 아빠와 아는 사람들 가족과 경상남도 거창으로 1박 2일 여행을 다녀왔다. 초가을 시골 여행은 아주 즐거웠다는데 집에 돌아와 보니 깜짝 놀랄 일이 벌어져 있었던가봐. 지난 봄 네 아빠가 사 주어 영주가 기르고 있던 토끼 두 마리 중 한 마리가 죽어 있은 거야. 영주는 그 토끼들을 아주 귀여워해서 먹이도 네가 주고 배설물도 네가 치워주었지. 어느 일요일에는 할아버지, 할머니와 등산을 갔다가 고구마 잎이랑 비름을 뜯어다 주었는데, 두 놈 중 큰 놈은 고구마 잎을 잘 먹고 작은 놈은 비름을 잘 먹었다고 했지. 그런데 비름을 잘 먹던 그, 작은 놈이 그만 죽어버린 거야. 영주가 아빠하고 같이 아파트 뒤, 산자락에 그 놈을 묻어 주고 와서는 엉엉 울어. 영주 같은 어린이가 동물을 기르는 것은 좋은데 한 번 씩 저런 일이 있어서 문제지. 죽음이 무엇인지, 무섭기만 하고 아무 것도 모를 땐데 그 어린 마음에 얼마나 상처가 컸을까. 그렇지만 할아버지로서도 "어쩌겠노? 어쩌겠노?" 하기만 했지 어쩔 수가 없었다. 그래, 할아버지가 "영주야, 이제 꽃 같은 것 기르고, 동물은 기르지 말자. 네 아빠도 어릴 때 모르모트 를 얻어다 주었는데 그 놈이 죽어버려서, 그 뒤에는 동물은 안 길렀단다." 했더니 "싫어. 아빠는 아빠고 나는 나예요. 그 토끼하고 똑 같은 토끼 살 거야." 하면서 더 큰 소리로 울어. 그래, 안 되겠다 싶어서 "알았다. 그럼 할아버지가 사 줄게, 울지 마." 했더니 울음을 그치고는 "그 토끼하고 같 은 거 사 줘. 갈색 귀 있는 토끼 사 줘."라고 했다.

대답은 그러마고 했지만 그것은 할아버지로서도 도저히 지킬 수 없는 약속이었다. 생각하면 이 세상에 똑 같은 것 은 없단다. 얼핏 보기에 똑 같은 것으로 보이는 것도 엄밀 하게 따지면 만물은 그것이 생겨나고, 있는 시간이 다르게 마련이고 그것이 있는 장소가 같을 수 없기 때문이지. 그 보다 더욱, 네가 그것을 보는 마음이 처음 것을 볼 때와 같 을 수가 없단다. 네가 먹이를 주고 집 청소를 해 주면서 그

놈에게 쏟았던 그 첫 정을 이제 아무리 꼭 같은 토끼를 사
다 주어도 느낄 수가 없단다. 생각하면 슬프지? 그래도 하
는 수 없단다. 그렇게 아프고 슬픈 경험을 하면서 자라는
동안 네가 더 성숙해지고 이 세상을 더 소중하게 생각하고
더 사랑하는 사람이 된단다.

2006.9.17.

어른스런 아이 — 영주

영주는 나이가 너보다 한 살이라도 적은 애한테는 모든 것을 양보해 주고 또 잘 돌보아 주었다. 그것은 집안 사람들과 할아버지 친구들이 모두 입을 모아 칭찬하는 일이었다.

우리 가족은 한 번씩 종손(宗孫) 집에 가서 제사를 모셨다. 종손이란 그 집안에서 제일 맏이가 되는 자손을 일컫는 말인데 우리 집안 종손은 중학교 서무과장을 하다 정년퇴임한, 너에게는 5촌 아저씨뻘이 되는 분으로 구서동 신동 아아파트에 살고 있었지. 영주는 우리와 그 집에 제사를 모시러 가면 언제나 하는 일이 한 가지 있었다. 그 집에는 너에게 7촌 조카뻘이 되는, 너보다 두 살이 적은 길성이라는 사내애가 있었는데 그 애와 놀아 주는 일이 그것이었지. 제삿날에는 어른들이 모두 바빠 어린애 돌볼 겨를이 없고 그러다 보면 어린애가 이리저리 받히고 걸리적거리는 수가 많은데 영주가 나서면 길성이는 아무 말썽 없이, 애가 있는 둥 만 둥 잘 노는 거야. 그만큼 영주가 잘 놀아준다는 거지. 장난감을 가지고 같이 놀고 그림책을 가지고 이야기를 해 주고- 하는데 꼭 어른이 어린애 돌보는 것 같다는 거야. 그 집 길성이 할아버지는 그러는 영주를 보고 몇 번이나 감탄을 했는지 모른다. "애를 잘 데리고 논다, 잘 데리고 놀아. 꼭 어른 같다. 말하는 것도 그렇고. '내가 바쁘다. 바빠서 입술이 다 불어터진다.'고 한다."고 하고는 우스워서 못 견디겠다는 거야.

등산을 같이 다니는 할아버지 친구의 손녀에 너 보다 나이 세 살인가가 적은 서영이라는 딸애가 있어. 한 번씩 금정산 식당에서 만나게 되는데 그럴 때마다 영주가 그 애를 잘 데리고 놀아. 서영이가 오는 날에는 미리 네 장난감 중에서 이제 잘 가지고 놀지 않는 것을 골라 놓았다가 가지고 가서 주기도 하고 그 애의 손을 잡고 주변을 이리저리 데리고 다니면서 놀기도 했지. 식사시간에는 데리고 앉아 밥을 떠먹이고, 한가한 시간에는 아직 제대로 따라 부르지도 못하는데도, 노래를 되풀이 되풀이 배워주기도 했단다. 그러니까 그 애도 한 시도 영주한테서 떨어지지 않으려고 했지.

하루는 그 식당에서 케이블카를 타고 금강공원으로 내려왔는데 그 애 할아버지가, 영주가 서영이한테 고맙게 했다고 서영이와 함께 회전목마랑, 백조놀이기구를 태워 주었다. 그래도 그 돈을 내가 내려고 하니까 영주가 내 팔을 잡아끌면서 조그만 목소리로 "가만히 있어라. 서영이 할아버지가 낸다고 했다. 와 자꾸 낼라고 하노?"라고 했는데 서영이 할아버지가 그 말을 들어버렸어. 그래서 할아버지와 둘이 마주 보고 한참을 웃었지.

　11월 초에는 너의 외할아버지 초대로 그 분의 고향, 경상북도 영덕에 가서 하루를 묵고 온 적이 있다. 네 엄마, 아빠와 할아버지, 할머니, 네 외사촌 이송이가 같이 갔었지. 그곳에서 잔 이튿날 아침, 할아버지와 영주가 저 아래 동네 입구로 바람을 쐬러 갔다가 마침 구멍가게가 있길래 거기서 영주한테 양갱 하나를 사 주었어. 영주는 그것을 먹으면서 외할아버지네 큰집으로 돌아왔는데 몇 번이나 양갱이 맛있다고 했어. 그런데 한참 있다가 보니까 양갱을 삼분의 일쯤 먹지 않고 손에 쥐고 있어. 그래서, 그렇게 맛있다면서 왜 안 먹고 그러고 있느냐고 물었더니 이송이 주려고 남겼다는 거야. 참, 착하지, 우리 영주? 어린애가, 그렇게 맛있다면서 동생에게 주려고 다 먹지 않고 기어이 남겨 가지고 있다니!

2006.11.5.

괘씸한 필리핀 원숭이

지난 10월 13일부터 16일까지 3박 4일 일정으로 영주가 할아버지, 할머니와 필리핀 여행을 다녀왔는데, 그 이야기를 좀 해야겠다. 큰아버지가 그곳에서 일하고 있어 어떻게 살고 있는지 한 번 가 볼 겸, 관광 겸해서 간 거지. 저녁에 인천공항에서 KAL기를 타고, 3 시간 여를 비행하여 밤 11시 30분 마닐라공항에 도착했다. 영주는 네 아빠, 엄마와 몇 번 해외여행을 해 보아 그렇겠지만, 입국수속은 어디서 하고 어디로 나가는지를 환히 알아, 할아버지는 놀라지 않을 수 없었다. 여러 번 해외여행을 해 본 어른들도 매번 어리둥절해 가지고 좌왕우왕하게 마련인데 말이야. 그 중에서도 제일 놀랄만한 일은 짐을 찾을 때의 영주의 민첩함이었어. 마닐라공항 1층에는 서너 개의, 수화물이 나오는 벨트 시스템이 돌고 있었는데 영주가 용케도 우리 짐이 나올 회전판 앞에 가서 서 있잖아. 그래서 너, 어떻게 여기서 짐이 나오는 줄 알았느냐고 했더니 그 앞 벽을 가리키면서 우리가 타고 온 비행기 번호 앞에 서 있으면 된다고 하는 거야. 보니까, 과연 거기에 'KAL ×××'라고, 우리가 타고 온 비행기의 비행편 번호가 적혀 있어. 여섯 살 난 어린애가 정말 대단한 거지.

공항까지 마중 나온 큰아버지 차를 타고 숙소에 도착해 자고, 이튿날 아침 느지막이 팍 상한폭포 구경을 갔다. 팍 상한, 녹색 숲 속에서 떨어지는 큰 폭포는 정말 절경이었지? 거기서 돌아와서는 그 사람들의 독립영웅, 호세 리잘의 기념관과 기념공원을 둘러보았다.

팍 상한폭포 앞에서―

의사이자 시인이요 만능 스포츠맨이며 필리핀의 독립투사인, 호세 리잘을 기리는 기념관과 공원은 사실상 마닐라에서 가볼만 한 유일한 명소지. 영

주는 그 훌륭한 인물이 조국과 정의를 위해 어떻게 싸웠는
가에 대한 설명을 호기심 어린 태도로 진지하게 들었다. 거
기까지는 좋았는데, 점심을 먹은 집에서 좀 우습기도 하고
재미있기도 하고 어떻게 생각하면 괘씸하기도 한 해프닝
이 있었다. 돼지고기구이 한식집을 찾아갔는데 들어가면
서 보니 현관 앞 나무 위에 조그만 원숭이 한 마리가 앉아
있어. 그래서 내가 식당에 들어가 자리를 잡고 앉아서는 영
주더러 아까 그 원숭이, 가까이 가지 말라고 일러 주었지.
영주가 왜 그러느냐고 물어서 "머리카락을 잡아당기고, 못
된 짓을 한다."고 했어. 그랬더니 영주가 알겠다고 해서, 그
러고 그 일은 잊어버렸다. 그런데 식사를 다 하고 한참을
그 집에서 어정거리다 돌아오는 차를 탔는데 거기서 영주
가 제 머리를 만지면서 "내, 원숭이한테 머리카락 네 개 뽑
혔다."고 해. 그래, 할아버지가 원숭이 가까이 가지 말라고
하지 않더냐고 했더니 그 말은 들었는데 잊어버렸다는 거
야. 그래서 "어른의 말을 예사로 흘려들으면 그렇게 되는
거야. 그런데 네 개 뽑힌 것은 어떻게 알았느냐?"고 했더니
"지가 가지고 있더라."고 한다. 나 참, 애 녀석이나 원숭이
놈이나―.

그건 그렇고, 어쨌든 영주와 함께 열대과일, 가재 요리,
생선회, 아이스크림이랑 먹고 이것 보고 저것 본 필리핀 여

행은 즐겁기 그지없었다.

2006.10.26.

좋은 말씀을 새긴 도장

오늘은 새해 첫 주니까 영주한테 좀 색다른 선물 하나를 주마. 아래의, 재미있게 생긴 도안(圖案) 같은 글씨인데, 동래 범어사에 있는 원효대사(元曉大師)의 도장을 찍은 것이다. 그 절에서는 이 도장을 보물처럼 소중하게 간직하고 있어 아무한테나 내보이는 것이 아닌데 1991년, 할아버지가 친하게 지내던 그 절의 관조(觀照)라는 높은 스님한테 특별히 부탁을 해서 찍었단다.

원효대사는 신라시대의 고승(高僧)으로 '대승기신론소(大乘起新論疏)'라는 유명한 글을 남긴 분이다. 그 스님은 특별히 누구한테 배우지 않고 스스로 도를 터득한 사람으로 유명하지. 득도(得道)를 한 다음에는 많은 사람들에게 불교를 전하려고 마을을 돌아다니며 바가지를 쓰고 춤을 추기도 했단다. 그렇게 해서 아무 것도 모르는 사람들에게 가까이 가서 부처님 말씀을 전하려고 한 것이지. 나중에는 요석(瑤石)이라는 신라 공주와 결혼을 해서 아들을 낳았는데 그 아들이, 너도 차츰 알게 되겠지만 이두(吏讀)라는, 우리나라 특유의 문자를 만든 설총(薛聰)이란다.

이 도장의 글은 원효스님이, 앞에서 말한 '대승기신론소'라는, 당시 임금님에게 올린 상소문에 나오는 것으로 '장대교망 녹인천지어(張大敎網 漉人天之魚)'라고 쓴 것이다. 풀이하자면 '널리 가르침의 그물을 펼쳐 하늘의 고기, 인간을 구제한다'는 뜻이다. 불교에서는 사람을 '하늘의 고기'라고 부른다. 범어사(梵魚寺)란 그 절의 이름도 '하늘고기(＝인간)의 절'이라는 뜻으로 지은 것이지.

영주는 할아버지와 몇 번 들렀던 금정산의 휴정암 처마에 풍경이 달려 있는 것 보았지? 그 풍경이 바람이 불면 은은한 종소리 같은 것을 내게 하는 쇠가 바로 물고기 모양을 하고 있었지? 거기에도 그, '인간은 하늘고기'라는 의미가 담겨 있을 거야.

우리 조상님들은 옛날부터

‘제재초복(除災招福)’ 곧 ‘재앙을 쫓고 복을 부른다’고 하여 이런 그림 같은 글씨를 방문 앞이나 벽에 붙여 놓곤 했단다. 그것이 ‘부적(符籍)’ 또는 ‘신부(神符)’라는 것이지. 이 도장은 그런 부적들 중에서도 아주 귀하고 영험이 있는 것이라고 알려져 있다. 물론 이 글씨에 그런 힘이야 있겠느냐만 모양이 아름답고 뜻이 좋으니 어디에 두고 볼만은 하겠지. 그러니 잘 보관하고 있다가 생각이 있으면 조그맣게 액자를 만들어 집안 적당한 곳에 두어도 좋을 거야.

2007.1.5.

산딸기를 따러—

　지난 5일, 할머니는 낮에 무슨 모임인가가 있다 하고—
하는 수 없이 '딸기나 좀 따올까' 하고 혼자 산으로 가기로
했다. 엊저녁, 네 엄마가 오늘 저녁식사를 같이 했으면 한
다는 전화를 해 왔었다. 며칠 후 저희 내외가 영주를 데리
고 동남아인가 어디 여행을 다녀오기로 했는데 떠나기에
앞서 애도 한 번 보일 겸 저녁 대접을 했으면 한다는 것이
었다. 특별한 일도 없고 해서 그러마고 하고는 '요놈을 며
칠 동안 못 볼 모양인데…' 하다가 문득 산딸기 생각을 한
것이다. 꽤 오래 전부터 우리 내외는 거의 매주 일요일이면
금정산 등산을 가는데 2005년 7월 초 어느 날에도 영주를
데리고 갔었다. 애도 있고 해서 그날은 사람들이 잘 안 다

니는 좀 외진 산길을 택해서 갔는데 한참을 산 깊숙이 들어
갔더니 길 좌우 저만치에 산딸기가 빨갛게 익어 있었다. 요
새 애들은 감미가 강한 사탕이랑 인스턴트식품들에 입이
익어서 산딸기 같은 것을 먹겠나― 하면서도 제일 잘 익은
놈 한 개를 따 영주에게 주었더니 의외로 아주 맛있게 먹어
서 실컷 따 먹였었다.

　그래서 그 일을 기억해 두었다가 작년에도 따 주려 했는
데 여의치 않았었다. 한 주는 바로 그 무렵, 하필 소나무 재
선충약을 쳐서, 그 다음 주는 연일 비가 내려서 아예 산에
갈 수가 없어서 그렇게 되어버렸었다.

　마침 산딸기가 한창 잘 익는 7월 첫 주겠다, 느지막이 아
침을 먹고 산행에 나서 예의 그 길로 접어들었다. 그 산길
바로 들머리에 벚나무 한 그루가 있는데 그 나무에 잘 익은
버찌가 많이 열려 있었다. 그러나 이 날은 그 열매를 하나
도 따지 않고 그냥 지나쳐버렸다. 버찌는 나무에 따라 열매
의 크기도, 맛도 다르다. 아주 큰 것이 있는가 하면 반대로
아주 작은 것도 있고 맛이 쓴 것에서 달고 시원한 것이 있
는 등 여러 가지다. 그런데 그 나무의 열매는 그리 크지는
않지만 맛이 아주 달아 재작년 영주에게 따 주었더니 맛있
게 먹었었다. 그런데 그 뒤 어느 책인가에서 보니 산벚나무
열매를 먹으면 눈물 날 일이 생긴다고 쓰여 있었다. 나는

미신이나 속설 같은 것은 믿지 않는다. 그래도 몰랐으면 모르지만 애한테 '안 좋다'는 말을 듣고, 굳이 그런 것을 먹일 게 뭐겠는가 해서 따지 않은 것이다.

곧장 그, 산딸기 있는 곳으로 치달았더니 기대했던 대로 여기저기에 잘 익은 딸기가 지천으로 열려 있었다. 나는 누구에게 쫓기는 사람처럼 허급지급 그것을 따, 가지고 간 용기에 담았다. 그러다가 혼자, 머리가 허연 노인이 숲 속에서 이리 뛰고 저리 뛰면서 이러고 있는 것을 누가 본다면 우스운 모양이겠다ー 하는 생각이 들었다. 그러나 전에 따 주었을 때 영주가 "맛있다. 할아버지 더 주세요. 더 주세요." 하면서 날름날름 받아먹던 모습을 떠올리고, 하산 길에 저 아래 약수터 물에 깨끗이 씻어가지고 가서 저녁을 먹은 다음 주면 또 그렇게 잘 먹으려니 하는 생각을 하니 그런 것은 아무 문제도 아니었다.

2007.7.15.

산이 주는 교훈

몇 번째 산에서 한 할아버지의 생각 이야기를 하는데, 이번에는 우리, 사람들이 유심히 보아야 할 자연, 동식물들이 살아가는 아름다운 모습에 대해 몇 마디 들려줄까 한다.

산에서 식물들의 모습을 보면 그 식물들이 최선을 다 해서 살아가고 있구나 하는 생각을 하게 된다. 어쩌다 산불이 난 곳을 지나가다 볼 때도 그런 생각이 들어. 나무가 불에 거슬리면 껍질이 타 없어지지. 그런데 나무는 그 상처 난 주변에서 끊임없이 진액을 내 결국은 탄 부분을 덮어 스스로 치유를 하고 있는 것을 볼 수 있어. 그러한 노력은 사람이 몸을 다쳤을 때 약을 바르고 붕대를 감고, 하는 것과 조금도 다름이 없어.

또 식물들은 주어진 환경이 아무리 나빠도 조금도 불평하지 않고 겸허하게 사는 것을 볼 수 있어. 억새가 사는 것만 보아도 그래. 억새는 열매가 맺으면 그 어미가 준 깃을 달고 더운 공기와 찬 공기가 만나 일어난 바람을 타고 나르고 흐르고 떠돌다 그, 바람이 내려 주는 곳에 자신의 한 살이의 닻을 내린다. 그는 그 곳이 어느 허물어진 석성(石城)이건, 묵혀 버려진 화전(火田)이건 상관하는 법 없이 거기에 뿌리를 내리고 자기에게 주어진 한 생을 묵묵히 살아가는 것이다.

이것은 어느 책에서 본 것인데 세계에서 나이가 제일 많은 나무는 미국의 어느 산 위에 있는 향나무로 5천년이 넘었대. 그래서 세계의 유명한 식물학자들이 직접 가서 어째서 그 나무가 그렇게 오래 살 수 있었는가를 조사해 보았다는구나. 조사 결과 학자들의 일치된 견해는 '스트레스(stress)'가 장수의 요인이었다는 거야. 그 나무가 살고 있는 곳은 척박한 바위틈이라 영양을 제대로 취할 수 없고 연 강수량도 아주 적어 물기도 제대로 얻을 수 없었다 한다. 그런 열악한 환경에서, 살려고 뿌리를 깊이 내리고 최대한 수분과 영양을 빨아들이니까 그렇게 오랜 세월 살아남을 수 있었다는 거지.

우리가 태풍이 불고 난 뒤에 산에 가보면 학자들의 그러한 견해가 맞다는 것을 확인할 수 있어. 강한 비바람이 몰아치고 난 뒤 산에 가 보면 여기저기에 아름드리 나무들이 굵은 가지가 꺾이고 뿌리째 뽑혀 넘어져 있는 것을 볼 수 있는데 그런 나무들은 모두 부드럽고 영양이 많은, 좋은 토양에서 자란 것들이었다. 그와 반대로 바위틈새에 겨우 뿌리를 내리고 있는 나무들은 모두 말짱한 거야. 그런 것을 볼 때마다 할아버지는 사람도 자기가 처한 환경에 불평을 할 것이 아니라 주어진 여건 아래서 최선을 다 해 살아야 하겠구나 하는 생각을 하게 되지.

또 한 가지, 동식물들의 삶에서 얻을 수 있는 교훈은, 자세히 보면 서로 돕고 도움을 받으면서 살고 있다는 사실이야. 꽃과 벌, 나비의 관계가 전형적인 예가 되겠지. 벌이나 나비 같은 곤충들은 꽃에 가서 그 꽃의 꿀샘에서 꿀을 얻어 자신과 그 무리가 그것을 먹고 살아가지. 그런데 꽃은 또 꿀을 얻으러 온 그 곤충들의 몸에 자신의 정(精)을 묻혀 그 곤충이 다른 꽃에 갔을 때 저절로 정받이가 되게 해서 제 자손을 퍼뜨리는 거야.

참외랑 감 같은 것들, 참 맛있지? 그런데 그런 채소나 과일도 사람이나 동물들에게, 맛있게 먹는 대신 한 가지 부탁을 들어달라고 하고 있어. 사람이 그것을 먹은 다음 어디선가 씨를 뱉어버리거나 동물이 그것을 먹고 배변을 할 때 거기에 섞여 씨가 나와 그들의 자손이 산과 들에 널리 퍼져 살게 되니까 말이야.

　또 도토리나 밤은 맛이 고소하지? 거기에도 그 어미나무의 자손 번식에의 뜻이 담겨 있어. 도토리나 밤에 그런 맛이 있기 때문에 짐승들이 그것을 먹이로 삼는다. 그리고 그 덕분에 도토리, 밤은 어미나무에서 멀리 떨어진 곳에 가서 싹을 틔워 자랄 수가 있단다. 얼핏 이해가 안 되는 말 같지만 그렇지 않아. 도토리와 밤의 다람쥐와의 관계를 들어보면 그 말을 쉽게 수긍할 수 있을 것이다. 다람쥐는 해마다 가을이면 다음 일 년의 양식을 삼으려고 열심히 도토리며 밤을 주워서 이곳저곳 제 나름으로 은밀한 곳에 숨겨 둔다. 그런데 이놈의 기억력이라는 것이 형편이 없어 제가 숨긴 것 중 3할 밖에 찾아 먹지 못 한다. 그러다 보니 나머지 7할은 어미나무에서 멀리 떨어진, 다람쥐가 숨겨둔 그곳에서 싹이 터 각각 한 그루의 밤나무, 도토리나무로 자라게 되는 것이다. 참, 어미나무의 종족 번식의 지혜라 할까 조물주의 하는 일이 생각할수록 신묘하지? 그런 것을 보면 사람도 제 혼자 잘 난 독불장군이 되어서는 안 되고 우주의 한 부분으로, 겸허한 마음으로 서로 돕고 도움을 받으면서 살아야 하는 존재라는 것을 깨닫게 되지.

2007.7.20.

낙동강 하구 철새 구경

오랜만에 할아버지와 영주가 나들이를 했다. 13일이 네 학교가 노는 토요일이라 영주가 그 전날 화명동에 와서 자고 이튿날 하단(下端)으로 철새 구경을 가기로 했지. 그곳에는 '에코센터(eco center＝생태관)'란, 새로 생긴 시설이 있어 버스를 타고 낙동강을 건너 바로 거기로 갔다. 2층 건물인데 1층에는 낙동강 하구 풍경과 철새 사진을 전시하고 있었다. 1층을 대충 둘러보고 2층으로 올라갔는데 그곳이 정말 볼만 했어. 확 트인, 통유리로 된 남쪽 창밖으로는 넓은 갈대밭과 호수가 펼쳐져 있고 여기저기에 새들이 먹이를 찾고 있거나 떼를 지어 날아오르고, 내려앉고 있어 장관을 이루고 있었다.

우리가 본 해질 무렵의 낙동강 하구

또 넓은 전시실 안을 빙 둘러가면서 보니까 철새들 박제도 있고, 사진도 있고, 친절한 설명도 읽을 수 있게 해 두었더구나. 거기다 할아버지도 영주한테 조금씩 보태어 설명을 해 주었지. 낙동강 하구는 옛날부터 여러 가지로 전국에 이름이 나 있던 곳이야. 상당히 오래 전 이곳, 낙동강 서쪽 명지는 소금 생산지로 유명했단다. 바닷물을 가두어 햇볕에 물기를 증발시킨 다음 얻는, 천일염(天日鹽)을 생산했는데 한 해에 20만 가마나 거두어 온 나라에 공급했다고 하지. 옛날에는 또 이 하구에서 지천으로 나는 갈대를 유용하게 썼단다. 하얀 갈꽃 있지? 그것은 솜 대신 이불을 만드는데 썼고 갈대 자체는 초가지붕을 덮는 데 썼단다.

또 한 가지, 지금도 이곳의 명산이 있는데 대파가 그것이야. 영주 엄마가 쇠고기 국을 끓일 때면 거기에 충충충 썰어 넣는 큰 파 있지? 그 대파가 이곳에서 일 년에 3만 톤씩이나 생산된대. 그래서 이곳의 파가 잘 되면 우리나라 파 값이 내려가고 잘 안 되면 올라가고, 그럴 정도라는구나.

에코센터가 있는 이곳은 낙동강물이 강 상류에서 흙을 날라와 그것이 쌓여 세모꼴의 땅을 이룬 삼각주야. 그리고 바닷물과 민물이 만나는 곳이라 여러 가지 동식물들이 살고 있어. 강에는 잉어·붕어·모래무치·문절막둥어(꼬시락) 같은 민물고기와 대합·가막조개(재첩) 같은 조개도 많이 살고 여러 가지 동식물성 프랑톤도 많단다. 그러다 보니 먹이가 많아 새들이 많이 모여드는 거야. 이곳의 새들에는 참새·까치 같은, 항상 여기서 살고 있는 텃새, 기러기·메추라기처럼 겨울이면 이곳에 와서 살다가 봄이면 북쪽으로 가버리는 겨울철새, 제비·꾀꼬리처럼 여름에 왔다가 겨울이면 남쪽으로 가버리는 여름철새, 어디로 가다가 다리가 아파 여기서 잠깐 쉬었다 가는 나그네새가 있단다. 하도 다양하고 많은 새들이 모이니까 유네스코 같은 국제기구도 특별히 이곳의 새들 보호에 신경을 쓰고 있지.

참, 한 가지 이야기를 빠뜨릴 번했구나. 우리가 건넌 하구언 다리 있지? 그 다리가 할아버지와 좀 인연이 있단다. 할아버지가 신문사에 근무하고 있던 1979년 초 당시 박정희 대통령이 부산에 왔었지. 그때 할아버지가, 낙동강 물을 가두어 유용하게 쓰고 강 이쪽저쪽을 오가는 데 필요한 하구언 건설이 시급하다고 신문에 크게 내었지. 그 신문을 본 대통령이 당시 부산시장에게 실제 사정이 그러냐고 물어서 그렇다고 했더니 그 자리에서 바로, 하구언을 만들라고 했다는 거야. 그렇게 하여 건설하게 된 것이 영주와 할아버지가 건너가고 건너온 그 하구언이야. 그 이야기를 듣고 나니 새삼 그 다리, 한 번 더 쳐다보아야 할 것 같지?

2007.10.13.

<어린 왕자> 읽기를 권하면서 –

여기 영주가 자라면서 뿐아니라 어른이 되어서도 읽었으면 하고 생 텍쥐페리란 사람이 쓴 소설 <어린 왕자> 한 권을 준다. 1960년대 언젠가 세계의 대학생들에게 제일 감명 깊게 읽은 소설을 말하라고 했더니 가장 많은 사람이 이, <어린 왕자>라고 했단다. 또 1999년 미국의 한 신문사가 지난 백 년을 돌아보면서 각 분야의 최고를 뽑은 적이 있는데 팝송에는 비틀즈의 <Yesterday>, 미스터리 영화로는 알프레드 히치콕 감독의 <Psycho>, 그리고 소설 분야에서는 이, <어린 왕자>가 선정된 적이 있다. 그리고 2010년에 세상을 떠난, 현대의 고승(高僧)이라고 추앙을 받고 있는 법정(法頂) 스님 같은 분은 그의 저서 ≪무소유≫에서, 이 세상의 책들 중에서 한두 권만 선택하라고 한다면 불교경전, ≪화엄경(華嚴經)≫과 함께 이 책을 고르겠다고 했단다. 그것만 보아도 이 소설이 얼마나 훌륭한 작품인가를 대강 알만 하지?

이 소설은 사막에 불시착한 한 비행기 조종사아저씨가 먼 별에서 온 어린 왕자를 만났다가 슬픈 이별을 하게 되는 이야기야. 네가 읽어보면 알겠지만 이 소설에 나타나 있는 왕자의 마음은 너무 깨끗하고 아름다워서 왕자가 떠나고 난 뒤에는 그 조종사아저씨와 함께 독자도 깊은 슬픔을 느끼게 된단다. 이 책은 우리에게 큰 깨우침을 주는데 그것을 한 마디로 말하자면 이 세상에서 가장 소중한 것은 우리들의, 이웃에 대한 사랑이라는 것이야.

영주야, 이 <어린 왕자> 뿐아니라 좋은 책을 많이 읽어야 한다. 때로 TV나 영화를 보는 것도 좋겠지만 그런 것은 사람의 생각을 그 안에 가두어버리는 경향이 있단다. 그렇게 되면 틀에 박힌 사람이 되기 쉽고 그러다 보면 메마른 사람이 되어버리기 쉬운 거야. 그런데 좋은 책은 읽는 사람에게 무한한 상상력과 창의력을 심어 준단다. 그래서 좋은 책을 읽으면서 성장한 사람은 이 세상을, 우리의 이웃을 사랑하는 따뜻하고 아름다운 사람이 될 수 있지. 또 한 가지, 좋은 책, 고전(古典)은 한 번에 그치는 읽는 즐거움만을 주는 오락, 쾌감 위주의 책과는 달라서 두고두고 읽고 읽어도 더욱 재미있고 유익한 것이란다. 그러니까 그런 책은 한 번 읽고 버려서는 안 되겠지? 고전이라고 하는 책을 많이 읽어라. 그런 책은 오랜 세월 동안 많은 사람들이 거듭 훌륭한 책이라는 것을 검증하고 확인한 것이니까 될수록 많이 읽어두는 것이 좋아.

아래에 내 생각에, 영주가 앞으로 읽었으면 하는 책, 글들을 생각나는 대로 적어둔다. 기회가 되면 꼭 읽어보기 바란다.

일반 명저

| 이순신 ≪난중일기≫ | 유성룡 ≪징비록≫ | 사마천 ≪사기≫ 중 「열전」 | 일연 ≪삼국유사≫ | 김구 ≪백범일지≫ | 공자 ≪논어≫ | 벤자민 프랭클린 ≪후회 없는 생애≫ | 자와할랄 네루 ≪세계사 편력≫ | 안톤 슈낙 <우리를 슬프게 하는 것들> | ≪그리스·로마 신화≫ | 장 코르미에 ≪체 게바라 평전≫ | 법정 ≪말과 침묵≫ | 시오노 나나미 ≪로마인 이야기≫ 중 「카이사르」편 두 권 | 장자 ≪장자≫

소설

| 이상 <날개> | 이태준 <까마귀> <돌다
리> <복덕방> <촌띄기> | 박지원 <허생>
| 김승옥 <무진기행> <서울 1964년 겨울> |
김훈 <칼의 노래> | 홍명희 <임거정> | 현진
건 <고향> | 이청준 <시간의 문> <벌레 이야
기> <매잡이> <줄광대> <이어도> <과녁>
| 이외수 <장수하늘소> <칼> | 윤흥길 <장
마> | 이문열 <금시조> <우리들의 일그러진
영웅> <사라진 것들을 위하여> | 양귀자 <한
계령> | 박완서 <나목> <엄마의 말뚝> | 김
은국 <순교자> | 최인훈 <광장> | 조세희
<난장이가 쏘아올린 작은 공> | 황순원 <소나
기> <산> | 신경숙 <풍금이 있던 자리> | 프
란츠 카프카 <변신> | 생 텍쥐페리 <어린 왕
자> <인간의 대지> | 앙드레 지드 <전원교향
악> | 보리스 파스테르나크 <의사 지바고> |
에드가 앨런 포우 <엇서가의 몰락> <황금충>
<검은 고양이> | 어스킨 콜드웰 <따뜻한(정다
운) 강> | 시므농 <밤 안개 밤 부두> | 아가사

크리스티 <열 개의 인디언 인형(=그리고 아무도 없었다)> <쥐덫> ｜이노우에 야스시(井上靖) <풍도(風濤)> ｜후카사와 시찌로(深澤七郎) <나라야마부시고(楢山節考)> ｜다자이 오사무(太宰治) <사양(斜陽)> ｜어니스트 헤밍웨이 <노인과 바다> ｜투르게네프 <첫사랑> ｜나관중 <삼국지> ｜디노 부자띠 <용사냥> ｜알퐁스 도테 <마지막 수업> <별> <꼬마 철학자> ｜조지 오웰 <1984> ｜하퍼 리 <앵무새 죽이기> ｜윌리엄 고울딩 <파리대왕> ｜게리 폴슨 <손도끼> ｜스코트 피츠제랄드 <위대한 게츠비> ｜로맹 가리 <새들은 페루에 가서 죽다> ｜알베르 카뮈 <이방인> ｜J.D.샐린저 <호밀밭의 파수꾼>

시

｜이육사 <광야> <청포도> ｜김광균 <은수저> ｜조지훈 <낙화> <완화삼> ｜서정주 <부활> <신록> <상리과원> ｜최치원 <추야우중(秋夜雨中> ｜이형기 <낙화> ｜박목월 <산색(山色)> ｜정지용 <향수> ｜이용악 <전

라도 가시네> ㅣ 백석 <남신의주 유동 박시봉
방> ㅣ 이호우 <살구꽃 핀 마을> ㅣ 박인환 <세
월이 가면> ㅣ 유치환 <바위> ㅣ 천상병 <귀천
(歸天)> ㅣ 윤동주 <서시(序詩)>

2007.11.3.

젖니가 빠지던 날

할아버지가 영주 집에서 자고 일어난 날 아침에, 영주가 양치를 하다가 말고 뭐라고 재잘대면서 욕실에서 나왔다. 이빨을 닦고 있는데, 심하게 흔들리던 왼쪽 아랫니 한 개가 빠져버렸다는 것이다.

문득 이 애의 젖니를 처음 뽑던 날 일이 떠올랐다. 2년 전 이맘 때였다. 이빨 한 개가 많이 흔들려 아무래도 병원에 가서 뽑아야겠다면서 제 할머니가 데리고 나갔다. 한참을 있더니 그 이빨을 뽑고 돌아왔다. "우리 영주가 아파도 용케 참고 뽑았구나." 했더니 영주는 멀쩡한 얼굴로 하나도 안 아프더라고 했다. 참, 세상 많이 좋아진 거지. 내가 처음으로 젖니를 뽑을 때는 얼마나 무서웠던지 모른다. 그

때는 젖니 뽑는 데 병원 어쩌고 하는 것은 가당치도 않은 말이고, 세 살 위의 누나가 명주 실로 묶은 다음 당겨서 뽑았었다. 공포감에 비해 그렇게 많이 아프지는 않았다. 그러나 이빨이 빠질 때 피가 나면서 왈칵 역한 비린내가 나는 게 싫었고 온 입안이, 아니 온 세상이 훌렁 빠져버린 것 같은 상실감을 느꼈었다. 그때 누나가, 그 빠진 이빨을 들고 왼쪽 외발로 서서 까치에게 새 이빨 나게 해 달라고 부탁하면서 지붕 위로 던지면 더 좋은 이빨이 난다고 해서 그렇게 한 기억이 났다.

애한테, 뽑은 이빨은 어쨌느냐고 했더니 의사선생님이 안 주시더란다. 안 아프게 잘 뽑는 요즘 세상도 좋지만 내 어릴 때의 그 기억도 이제 와 생각하니 그지없이 아름답게 보여 애한테, 그야말로 옛날이야기 같은 그 이야기를 들려주었다. 그러고 조금 있다가 이 애가 제대로 기억을 하고 있나 해서 "할아버지 어릴 때는 그 빠진 이빨을 가지고 어쨌다고 했지?" 하고 물어보았다. 그랬더니 자신만만, 오른손으로 주먹을 쥐어 어깨 너머로 들고 왼쪽 외발로 서기는 했는데 '까치'가 잘 생각이 안 나는 모양, 한참을 그러고 있더니 "제비야, 제비야, 헌 이빨 가져가고 새 이빨 가져다 줘."라고 했다. 부탁해야 할 새가 사람과 친한, 이익을 주는 무슨 새(益鳥)인 것은 틀림없는데 그래도 '까치'는 아무리

해도 생각이 안 나고 그 대신 흥부에게 박씨를 물어다 주어 부자가 되게 해 주었다는 '제비'가 떠오른 모양이었다. 그 일로 그날 우리 내외는 한참을 웃은 적이 있었다.

이번 이빨은 집에서 빠져 까치한테 부탁을 할 수는 있게 되었는데 이번에는 또 '지붕'이 문제였다. 고층 아파트 24층에 사는데 어떻게, 지붕에 던진단 말인가. 그래서 하는 수 없이 내가 어디 그럴만 한 집 지붕에 던져 주마고 하고는 그 이빨을 화장지에 싸서 주머니에 넣었다. 그리고 그날 오후 등산 가는 길에 금정산 기슭의 산성마을, 어느 집 지붕 위에 던졌다. 그 마을에도, 사방 둘러보아도 초가는 없고, 그래서 한 기와집 지붕 위에 던졌지. 외발로 서지는 않고, 그냥 우리 영주한테 튼튼하고 고운 이빨이 나게 해 달라고, 누구에게 대중도 없이 마음으로 빌면서 던졌다.

2007.11.8.

중국 연대(烟臺) 여행 나흘

할아버지·할머니·네 아빠가 영주와 함께 큰아버지가 있는 중국 연대(Yantai)를 다녀왔다. 9일 저녁 8시 30분 중국 동방항공 비행기에 올라 김해공항을 출발해 1시간 30분을 날아 연대비행장에 도착해 네 아빠가 예약해 놓은 동방해천(東方海天)호텔에 들었다. 그 호텔은 바다를 향해 있어서 경치가 아주 좋았다. 이튿날에는 큰아버지가 근무하고 있는 출판사를 둘러본 다음 그곳 마트 구경을 하고는 저녁을 일식으로 맛있게 먹었지.

셋째 날, 우리는 어떤 중국인 아주머니가 운전하는 승용차로 봉래관광단지(蓬萊觀光團地) 구경을 갔다. 그 아주머니 휴대폰 신호음이 재미있었지? <곰 세 마리> 노랜데 제일 앞, '곰'을 빼먹고 바로 "세 마리가 한 집에 있어─" 이러는 거야. 먼, 남의 나라에서 그런 노래를 들으니 반갑기도 하고 약간 우습기도 했는데 영주도 나를 쳐다보면서 씨익 웃는 것이 같은 마음인 모양이었어. 한 시간 좀 넘게 달려 그 유원지에 도착해 먼저 입장권을 샀다. 아주 어린아이는 입장이 무료인데, 매표소 기둥에 키 재기 금을 그어 놓고 그 금을 넘는 키의 어린이는 소인입장권을 사게 하고 있었지. 영주 키가 그 금을 넘어 꽤 비싼 돈을 주고 들어갔다. 바다 전망대를 대강 둘러본 다음 거기서 나와 아쿠아리움에 들어갔어. 별 기대도 안 하고 갔는데 와! 그곳 수족관 정말 대단했지? 소만 한 바다사자, 바다표범, 상어가 헤엄을 치고 있고 또 한 곳에서는 우리가 영화에서나 보던 커다란 백곰이 얼음바다 위에서 어슬렁어슬렁 걸어 다니고 있었지. 그 다음, 유리 수족관을 지나갔는데 양쪽, 머리 위 유리벽 너머에서 온갖 물고기들이 헤엄을 치고 다니는 거야. 그 중에서도 이불을 펴 놓은 것만큼 커다란 가오리가 너울너울 활개를 치며 다니는 모습은 정말 장관이었지. 좀 더 가다가 영주는 멸치를 사서 거북이에게 먹여 보기도 하고 짝짝짝 손뼉을 치고 있는 물개에게 던져 주기도 했다.

봉래 아쿠아리움, 참, 좋은 구경거리였지? 할아버지는 세계 최대라는 홍콩 아쿠아리움도 보았지만 이곳에 비하면 그곳은 아무 것도 아니었어. 그날 저녁에도 그 전날 갔던 일식집에서 저녁을 먹었어. 영주는 다코야키(문어구이)를 하도 좋아해 할아버지, 할머니, 큰아버지, 네 아빠가 모두 하나도 안 먹고 너한테 다 주어 7개나 먹어치웠지. 그러고도 네가 먹다가 둔 새우튀김 꼬리를 할머니가 먹었다고, 큰아버지 회사 여직원도 있는 데서 "할머니가 내 새우 먹어버렸다."고 소리를 질러 할머니를 무안해서 어쩔 줄 모르게 만들었지.

그런데 아무리 생각해도 영주가 고마웠던 것은 그곳에서의 사흘 밤을 그 좋아하는 아빠하고 안 자고 할아버지, 할머니하고 잤다는 거야.

2007.12.21.

영주 덕분에 한 '물건 찾기 탐정놀이'

엄마는 일이 있어 서울 가고, 아빠는 출장 가고— 그래서 할아버지와 할머니가 14일 영주 집에서 잤다. 오늘, 영주는 할머니가 아침을 먹여서 학원에 보내고 할아버지는 금정산 등산을 갔다. 할아버지가 낮 12시쯤 영주 집에 돌아와 있으니 조금 있다가 영주가 왔더구나. 곧 불고기랑 해초무침이랑, 네 엄마가 준비해 둔 것으로 점심을 먹여 다시 공부방으로 보냈지. 그러면 영주는 그곳 공부를 마치고 피아노학원에 갔다가 오후 3시 30분에 돌아오는 것으로 되어 있더구나. 그 동안 읽을 만한 책도 없고, 텔레비전은 본래 잘 안 보는 것이고— 할아버지가 할 일이 없어. 두 시간 반이나 되는 시간을 뭘 하고 보내나— 하는데 옳지, 영주 안경을 찾아주자 하는 생각이 떠오르더구나. 며칠 전 영주가, 안경을 잃어버렸는데 아무리 찾아도 없다면서 엄마, 아빠가 물건 간수를 잘 못 한다고 이제 안 사 준다고 했다고 걱정을 한 적이 있었거든?

안경을 집 밖으로 가지고 나가지는 않았다고 했으니까, 집이 좀 넓기는 하지만 집 안에 있는 것만은 틀림없고 시간도 3 시간 가까우면 넉넉한 편이니 찾을 수 있을 것 같았어. 할아버지는 젊을 때 탐정소설을 많이 읽은 편이었다. 그 때는 셜록 홈즈 · 알센 루팡 · 엘큐엘 포와로 같은 인물들이 캄캄한 어둠 속으로 달아난 범인을 붙잡고, 누군가가 훔쳐가 꽁꽁 숨겨버린 보물을 찾는 이야기들이 얼마나 재미있었는지 몰랐단다. 그래, 그 탐정들처럼 영주 말로 '감쪽같이 사라졌다'는 고놈의 안경을 찾아보기로 마음을 먹었지. 그러나 그렇다고 유치원 어린이들 보물찾기처럼 여기 있나, 없네, 저기 있나, 아니네 그러지는 않았어. 내가 제일 좋아하는 아가사 크리스티가 쓴 미스터리소설에 등장하는, 명탐정 엘큐엘 포와로가 그러는 것처럼 먼저 곰곰이 생각을 해 보았다. 안경은 장난감이 아니기 때문에 들고 다니다 잃어버렸을 리는 없고, 어디다 벗어놓았는데 '거기'가 어딘지 모르는 거다. 그렇다면 영주가 어떨 때 어디서 안경을 벗는가부터 먼저 생각해 보아야 한다. 안경을 벗는 것은 두 말 할 것도 없이 공부가 끝나고 나서거나 책을 읽고 나서다. 그래서 영주가 공부하는 책상을 중심으로 그 주변을, 서랍까지 열어가면서 샅샅이 살펴보았는데, 없어. 그렇다면 침대에 누워 책을 읽다가 벗어 둔 것이 아닐까 해서 그 부근을 찾아보았지만 역시 허사야. 그 이상한데? 공부하고, 책 읽고 나서가 아니면 또 언제 안경을 벗지? 여기서 할아버지탐정은 시간을 많이 소비하여 생각을 하는, 소위 장고(長考)에 들어갔어. 오랜 생각 끝에 한 가지 번쩍 떠오르는 것이 있었어. '그렇지, 세수하러 또는 목욕하러 욕실에 들어가서는 반드시 안경을 벗지!' 그래서 욕실 안을 구석구석 찾아보았으나 여전히 없는 거야. 이쯤 되니까 할아버지도 약간 힘이 빠지더구나. 그래도 한 번 마음먹은 것인데 포기하면 안 되지. 자— 거기도 아니면 어디지? 참, 영주는 어린애니까 화장은 안 하지만 한 번씩 엄마 흉내는 낼 수도 있겠지. 그렇다면? 그래, 제 엄마 화장대에 가 보자. 그러나 거기 가 보아도 또 실패야. 그러고 있는데 현관 쪽에서 '삑, 삑, 삑, 삐—익' 소리— 영주가 학원에서 돌아왔어. 그러니까 어느 새 시간이 다 된 거야. 영주가 숙제를 하고 있는 곁에 서서 할아버지는 영 마음이 편하지 않았어. 결국 실팬가? 아이구, 그 많은 탐정소설은 뭣 하러 읽었노? 스스로 한심한 생각이 들었어.

그러다가 문득 참, 욕실에 들어가서 안경을 벗을 수도 있지만 들어가기 전에 벗을 수도 있지 않나. 그런데 나는 욕실 안은 찾아보았지만 욕실 앞은 찾아보지 않았지. 그렇지, 욕실 앞, 욕실 앞이다, 그러면서 영주 공부방 쪽 욕실 앞의 장식장을 열어보았다. 그랬더니 왼쪽 장식장 둘째 층 서랍 맨 앞쪽에 '애구— 들켜버렸네—' 하고 그 조그만 연수정 안경이 앉아 있잖아. 만세! 영주 안경을 찾아주어서 신나고 무료한 오후 시간을 긴장감 속에 지루한 줄 모르고 보내, 그것도 의미가 있었지.

2008.1.15.

화를 내는 엄마가 섭섭해서—

2월 하순 어느 날 영주한테 전화를 했다. 3월 9일에 큰아버지를 한 번 보고 오려고 중국 연대에 가기로 했는데 당초 영주를 데리고 갈 예정이었지만 계획이 변경되어 할아버지와 할머니만 갔다 오기로 했다고, 그 걸 말하려고 한 것이었지. 영주가 새 학기, 새 선생님을 만난 지 얼마 되지도 않아서 놀러간다고 며칠이나 결석을 한다는 것은 아무래도 좋지 않을 것 같아서였어. 그런데 그 말을 듣더니 영주가 "아이구, 할머니, 할아버지 따라 연대 갔으면 좋겠는데—" 하고 반 우는 소리를 해. 그래서 왜 그러느냐고 했더니 "잠깐만— 전화 밖에 나가서 받을 게." 하더니 한참을 아무 소리가 없어. 큰방, 곁에 있는 제 엄마 안 듣는 데서 할 이야기가 있어서 거실에 나와서 수화기를 들어 놓고는 다시 엄마가 있는 방으로 가서, 혹시 들으면 안 되니까 그곳 전화는 끊어놓고 하느라고 시간이 걸린 거야. 용의주도하기가 이건 도저히 열 살도 안 된 애 하는 일이 아니야. 그래 할아버지는 '애가 하는 일, 빈틈없기가 꼭 젊을 때의 내구나—' 하고 혼자 웃었단다. 영주는, 그러고는 목소리를 차악 낮추어서 심각하게 이야기를 했다.

2008. 3. 5

영주가 그린, <삼국지>에 나오는 장비(張飛). 인물도 인물이지만 나에게는 머리 위의 '뿔따구'가 더 재미있었단다.

"엄마가 자꾸 내보고 화를 내서 내, 연대든 어디든 따라가고 싶다."

"엄마가 왜 그 착한 우리 영주보고 화를 낼까?"

"몰라. 도깨비처럼 화를 낸다."

"무엇 때문에 화를 내노? 이야기를 해 보아라."

"아무 것도 아닌데 그란다. 영어로 '마운틴' 어떻게 쓰느냐고 했더니 그런 걸, 사전 안 찾아보고 묻는다고 도깨비처럼 화를 낸다." 평소에 그렇게 다정하고 상냥하던 엄마가 갑자기 그러니까 제 딴에 얼마나 서운했으면 '도깨비'가 연달아 몇 번이나 나와. 그래서, '아마, 엄마가 허리가 아프니까 짜증이 나서 그럴 거야. 엄마가 영주, 얼마나 사랑하는지는 영주도 잘 알고 있지?' 했더니 그것은 알고 있다고 해. 그래도 계속 애를 그렇게 대하면 안 되겠다 싶어서 '할아버지가 너 얘기 아닌 것처럼, 우리 이웃에 어떤 애가 큰 잘못도 없는데 부모가 자꾸 화를 내는 바람에 마음이 많이 아프다고 하더라'고 해 볼까 했더니 좀, 그래 달라고 해. 그래서 할머니가 네 엄마한테 슬쩍 그 비슷한 이야기를 해 주었지. 그러고 이틀인가 있다가 전화를 해, 요새는 엄마가 좀 다정해졌느냐고 물었더니,

"응, 인자 화 안 낸다. 어제는 호랑이 이야기도 해 주고 그랬다."고 해. 그래서 '아이구, 다행이구나. 엄마가 어떻게 그렇게 다정해졌지?' 했더니,

"허리가 나아서 그렇다. 너무 좋다. 천 배나 좋다. 아니, 만 배도 더 좋다."고 했어. 그래서 할아버지는 다행하게도 우리 영주가 행복을 다시 찾았구나, 하고 마음을 푸욱 놓았단다.

2008.3.4.

산길을 걸으며 꽃도 보고 새도 보고—

할아버지도, 할머니도 산을 좋아했다. 그래서 영주도 어릴 때 우리를 따라 산, 특히 금정산에 자주 갔다. 산은 계절마다 경치가 다른데, 그때그때 그 나름의 매력이 있단다. 꽃과 녹음이 아름다운 봄과 여름, 단풍이 고운 가을은 각각 그대로 좋고 겨울에는 또 싸늘하면서도 맑고 단 공기와 티 없이 파란 하늘이 좋지.

그런 산에 오르면서 할아버지는 영주에게 그곳에 사는 풀과 나무와 꽃, 여러 가지 동물에 관해서 될수록 많은 이야기를 해 주려고 애를 썼다. 다행히 영주도 그런, 자연에 대한 관심이 유별나 이야기해 주는 할아버지도 재미가 있었지.

유심히 보면 우리가 오른 금정산은 철 따라 기화요초가 만발하는 꽃밭이야. 3월이 오면 제일 먼저 우리를 반기는 꽃은 생강나무 꽃인 것 같아. 아직 다른 나무들이 싹을 틀 준비를 하고 있을 때 이 나무는 잎도 나기 전에 싱그럽기 짝이 없는 진노랑 꽃을 피워. 나는 처음 이 꽃을 꽃꽂이에 흔히 쓰는 산수유 꽃인 줄 알았어. 그런데, 아니야. 알고 보니 금정산에서 초봄에 피는 대부분의, 산수유 꽃으로 보이는 노란 꽃은 생강나무 꽃이야. 산수유 꽃과 생강나무 꽃은 분간하기가 아주 어려운데 제일 쉽게 가려 볼 수 있는 것은 그 나무의 잎이 피었을 때 그것을 보면 돼. 산수유나무 잎은 둥그런 타원형인데 생강나무 잎은 삐죽삐죽 모가 나 있고 뫼산(山)자 모양을 하고 있지. 그 생강나무 꽃을 뒤쫓아 피는 것이 우리가 잘 아는 진달래야. 진달래는 영주가 너무 잘 아는 꽃이니까 설명할 필요가 없을 거고ㅡ. 그 무렵에 여기 또 저기 떼지어 피는 꽃이 제비꽃이지. 이 꽃은 노랑제비꽃, 단풍잎제비꽃, 흰제비꽃 등 종류가 아주 많아. 대개 군락을 이루어 피는데 산비탈 하나에 카펫을 펼쳐 놓은 것처럼 피어 있는 것을 보면 정말 아름답지. 이 꽃에는 '오랑캐꽃'이란 또 다른 이름이 있어서 할아버지는 한 동안 그 이름에 상당히 의아해 했었단다. '오랑캐'라면 저, 만주 벌판에 살던 야만족을 일컫는 말인데, 우리 조상님들이 이렇게 연약하고 애처롭고 아름다운 풀꽃에 왜 하필 그런 민망스런 이름을 붙였을까 해서였지. 그런데 알고 보니 거기에는 또 그럴만한 사정이 있었더구나. 이 꽃은 우리나라 저북쪽 지방에서도 피는데 그 피는 시기가 어디서나 보리가 한창 자랄 때지. 그때가 되면 그 전년에 거둔 양식이 바닥이 나. 그러면 북쪽 지방의 오랑캐들이 배고픔을 견디다 못해 우리네 농가를 덮쳐 양식을 강탈해 가곤 했단다. 그래서 저 꽃이 피면 오랑캐들이 몰려오는 일이 많으니까 조심하라고, 그런 이름을 붙였다는구나. 봄이면 피는 야생화 한 송이에도 자손들에 대한 걱정, 교훈이 깃들어 있지? 그러니까 우리 조상님들 하신 일은 얼핏 생각하기에 잘 납득이 안 가도 거기에는 다 깊은 뜻이 있는 거야.

제비꽃이 피고 조금 있으면 노란 미나리아재비, 그 비슷하지만 꽃이 그보다 약간 작은 개구리자리가 피고 이어서 하얀 꼬리 모양의 까치수염, 조그마한, 앙증맞은 노란 꽃이 쪼르르 줄지어 피는 짚신나물, 자색 꽃이 손을 쳐들 듯이 피는 노루오줌 하며 온갖 꽃이 여름까지 다투어 피지.

한여름이 지나면 꽃은 많이 줄어드는데 곧 이어 가을꽃이 우리의 눈을 즐겁게 해 준단다. 울긋불긋한 싸리꽃, 노란 우산을 펴 든 것 같은 마타리, 깨끗한 보라색 도라지꽃, 순백의 구절초, 은은한 하늘 색깔의 산박하는 참 아름답단다. 금정산 가을꽃 중에서 제일 볼만 한 것은 주로 산길 가에 피는 향유라 할 수 있지. 이 보라색 꽃도 무리를 지어 피는데 그 군락을 보면 눈이 부신단다.

금정산에는 사랑스런 동물들도 많이 살고 있다. 네가 직접 본 것만도 꽤 되지. 어느 겨울날 남문 부근을 지날 때는 날다람쥐라고도 불리는 청설모 한 마리가 영주 바로 앞에서 놀고 있었지. 배는 하얗고 몸은 까만, 이놈은 나무와 나무 사이를 나르듯이 뛰어 다니지. 또 그 날 산까치도 보았어. 사람들은 산까치라고 하면 산에 사는 까치인 줄 알지만 안 그래. 까치는 흰색·검은색·청색의 세 가지 색의 옷을 입고 있는데 산까치는 노랑·검정·파랑·빨강·흰색의 화려한 옷을 입고 있어. 참, 또 어느 날은 남문 연못 입구에서 장끼와 까투리를 보고, 휴정암으로 내려오는 길목에서는 '다르르 딱! 다르르 딱!' 집을 짓고 있는 딱따구리 모자(母子)도 보았지.

금정산 북쪽 산비탈 개울가에는 올챙이가 많았어. 지난 봄에는 영주가 그 중 열 댓 마리를 잡아 집에 가지고 가서 잘 키워 그 중 몇 마리는 뒷다리가 나오고 이어 앞다리가 나오고 꼬리가 떨어져 녹색의 개구리가 되는 것을 보기도 했지.

그 산 산복도로를 따라 내려오다가 산성마을로 내려서

는 길가 '배씨농장'이라는 음식점에서는 개를 여러 마리 키웠다. 2004년 겨울 그 개들 가운데 한 마리가 새끼 두 마리를 낳았어. 영주 신발짝만 한 조그만 놈들이, 영주가 손에 올려놓으면 눈을 지그시 감는 것이 참 귀여웠지. 영주는 그 중 큰 놈에게는 '보라', 작은 놈에게는 '하나'라는 이름을 지어 주었어. 그리고는 주말 등산 때 집에서 먹다 남은 고기 같은 것을 가지고 가서 주었는데, 그러니까 그 놈들이 영주만 보면 반가워서 어쩔 줄 몰랐단다.

네 살 때 가을부터 몇 년 동안 영주가 하도 자주 할아버지, 할머니와 그 산을 올라 놓으니 아는 사람도 참 많았어. 산길에서 "아이구, 힘든데도 올라왔구나!" 하면서 사탕 한 알을 손에 쥐어 주시는 아주머니도 있었고 한 낯이 익은, 남문 아래 음식점 자동차 운전사아저씨는 차창 밖으로 손을 흔드시면서 "안녕, 아가씨―" 하고 인사를 하기도 했단다. 이래, 저래 영주와 오른 금정산은 우리의 낙원이었어.

2008.7.28.

자연 속에 서면 여기에도 저기에도 사랑이 —

이 세상에서 가장 강한 것이 무엇이냐고 하면 사람에 따라 여러 가지를 생각할 것 같다. 강철을 떠올리는 사람도 있을 것 같고 맹수나 어떤 격투기 선수를 연상하는 사람도 있을 것이다. 그러나 할아버지는 이 세상에서 진정으로 강한 것은 어머니의 자식에 대한 사랑이 아닐까 한다. 우리 인류가 살아온 이야기들을 읽어 보면 자신의 몸, 목숨을 던져 자식을 사랑한 어머니들을 많이 볼 수 있다. 단순한 희생 뿐아니라 경우에 따라서는 인간의 한계를 뛰어넘은 엄청난 힘을 낼 때도 있다. 한 연약한 여인이 혼자 힘으로 트럭을 들어 그 차에 끼인 자식을 구해낸 일화 같은 것이 그런 경우라 할 것이다.

사람 뿐아니라 동물들에게서도 그에 못지않은 희생, 사랑을 볼 수 있다. 상당히 오래 전 일인데, 세계의 언론매체를 통해 보도된 한 마리의 어미고양이 이야기 같은 것이 그런 것이다. 미국에서라고 기억되는데, 어떤 창고에 불이 났다. 그런데 그 창고 안에서 한 어미고양이가 네댓 마리의 새끼를 기르고 있었다. 어미고양이는 그 불 속으로 뛰어 들어가 새끼를 한 마리, 한 마리, 기어이 다 물어내 구해냈다. 털이 있는 동물은 본능적으로 불을 두려워해 도망가기가 바쁜데 제 몸이 불타가면서 죽기로, 새끼들을 구해낸 것이다. 텔레비전 화면에 나온 그 어미고양이는 불에 데인 두 발을 달달달 떨고 있는데— 그것을 보고 있으려니 눈물이 나려 했다. 그리고 저런 희생을 하는, 살신의 애정을 가진 동물을 어떻게 함부로 하찮은 짐승이라고 할 수 있겠는가 싶었다.

또 모든 짐승은, 제 새끼를 지키려 할 때는 그 전과는 판이하게 사나워진다. 어떤 짐승이라도 새끼를 낳았을 때는 그 근처에 가서는 안 된다. '새끼 샘'이라 하여 가까이 오는 대상은 물불 가리지 않고 공격하기 때문이다. 주인을 잘 따르는 개도 새끼를 낳았을 때는 아무리 주인이라도 가까이 가면 물릴 위험이 있다. 상대가 누구든 눈에 불을 켜고 달려드는 것이다.

사람이나 포유동물 같은 고등동물 뿐아니라 스스로 돌아다닐 줄도 모르는 하등동물까지도 종족을 보존하려는 무서운 의지를 가지고 있음을 볼 수 있다. 우리가 흔히 담치(淡菜)라고 부르는, 바다 속 바위에 붙어사는 연체동물, 홍합(紅蛤)이 그런 것이다. 담치는 말려서 먹기도 하지만 삶아 먹으면 그 살이 맛이 있을 뿐아니라 국물이 아주 시원하지. 그러나 산란기인 3~5월에는 절대로 먹어서는 안 된다. 그때는 무서운 독성을 띠어 함부로 먹었다가는 목숨을 잃을 수도 있다. 그것은 바로 이 생물의, 그 자손을 퍼뜨리겠다는 종족보존의 강한 본능을 말해 주는 것이다.

영주와 많이도 다닌 등산길, 자연 속에 서면 할아버지는 사람이나 동물 뿐아니라 식물들도 자식에 대한 강한 사랑을 가지고 있다는 것을 보고 숙연한 생각을 할 때가 있다. 예를 들면 감자는 싹이 난 것을 먹으면 식중독에 걸리게 돼. 번식을 하려는데 방해를 하면 보복하겠다는 것이지. 영주도 많이 본 민들레꽃, 참 연약하면서도 아름답지? 국화과의 이 여러해살이풀(多年草)은 이른 봄부터 5월까지 진노랑 꽃을 피워 산과 들을 아름답게 장식하지. 그런데 그 꽃이 지고나면 곧 하얀 홀씨를 맺는데 바람이 불면 그 꽃의 새끼인 셈인 이 홀씨는 어미 몸에서 떨어져 멀리 멀리 날아간단다. 생각하면 슬프지? 봄 한 철, 다정한 엄마 품에서 살아오다 어느 날, 어디론지도 모르게 지향 없이 날아가니까 말이야. 그 홀씨는 이제 다시는 엄마를 만날 수 없을 것이라는 것을 생각하면 더욱 그렇지. 그러나 거기에도 엄마민들레의 자식 사랑의 마음이 담겨 있어. 이미 엄마가 자리 잡고 있는 땅에서는 잘 자랄 수 없으니 멀리 날아가 잘 살라는 기원을 하면서 그렇게 떠나보내는 거야.

한 가지 경우 더, 도토리를 한 번 보자. 도토리는 거의 완전 원형에 가깝게 동그랗지? 도토리가 그렇게 생긴 것에서도 어미도토리나무의 자식 사랑을 읽을 수 있어. 거기에는 어미나무의, 자기한테서 멀리 굴러가라는 뜻이 담겨 있는 것이다. 어미나무는 자기의 수관(樹冠)이 부근을 넓게 덮고 있고 뿌리는 부근 땅에 깊게 내리고 있어 도토리 열매가 거기서 싹이 터서는 햇빛도, 양분도 제대로 못 얻어, 잘 살 수가 없으니 될수록 멀리 떨어져 가라는 것이다. 그래서 동그랗게 생기게 해 비에, 바람에, 짐승들의 발에 밀리고 채이고 하여 멀리 멀리 굴러가서 잘 살라고 하고 있는 것이다.

어미밤 이야기는 더욱 감동적이야. 밤이 땅에 떨어져 싹이 나면 그 밤은 3년 동안 그 자식, 새싹에게 영양을 공급해 주고 자신은 썩어 흙이 되고 만다는 거야. 우리가 조상님 제사를 모실 때 신위(神位)를 붙이는 위패함(位牌函) 있지? 그것은 모두 밤나무로 만드는데 거기에는 밤나무의 그

와 같은 자식 사랑을 생각하고 사람도 그 부모, 조상의 은
혜를 잊지 않아야 한다는 뜻이 담겨 있단다.
　자연 속에서 이런 저런 것을 보면 하늘 뜻이 참으로 오묘
하다는 생각이 들지?

2008.7.30.

영주의 실수

영주는 어릴 때부터 언어 감각이 상당히 뛰어난 데가 있는 아이였다. 처음 듣거나 좀 특이하다 싶은 말은 꼭 기억을 해 두었다가 다음에 그런 상황이 오면 기가 막히게 거기에 맞게 갖다 쓰는 거야. 그것까지는 좋은데, 그러다보니 할아버지, 할머니한테 막 대들고 한 마디도 안 지려 해 한 번 씩 문제가 될 때도 있었지. 다섯 살 때 하루는 야외놀이를 갔다가 집으로 오는 도중에 쉬가 마렵다는 거야. 급하다는데 어쩌겠노, 한 아파트단지 안 화단 구석으로 데리고 가서 해결을 했지. 그러고는, 왜 아까 그 공원에서 미리 소변을 보지 않고 그러느냐고 했더니 "그 때는 안 마려웠다. 억지로 눈다고 쉬가 나오나?" 하고 들이받아.

그 뿐 아니야. 하는 짓이 마땅찮아서 하지 말라고 하면 "내 마음이다." 하고 맞서고 뭔가 엉뚱한 것을 물어서 모르 겠다고 했더니 "교수가 그것도 모르냐?" 한다. 참, 자존심 상하는 게, '모르느냐'도 아니고 '모르냐'라고 하는 거야.

여섯 살 때 어느 날엔가는 제 할머니하고 티격태격이 벌 어졌다. 뭔가 억지스런 주문을 했는데 할머니가 기어이 안 된다고 하자 옆방에 들어가 안에서 문을 잠가 걸고는 "할 머니, 나빠! 할머니, 세상에서 제일 나빠!" 몇 번이나 소리 소리 질러댔다. 얼만가 시간이 지나 토라진 것이 풀려 있기 에 넌지시 '너, 아까는 왜 할머니를 세상에서 제일 나쁘다 고 했느냐'고 물어보았다. 그랬더니, 좀 무안했던 모양이 지? 자기는 절대로 그런 말 한 적이 없다는 거야. 그래서 할 아버지와 할머니, 둘이서 네가 그 말 하는 것을 틀림없이 들었다고 했더니 거기에는 더 이상 잡아뗄 수가 없었든지 "그러면 내 꿈속에서 그런 말 한 것 아닐까?" 한다. 참 나, 할아버지는 공중전 빼고는 산전수전 다 겪어 본 사람인데 그런다고 속겠나. 그래도 말을 그렇게까지 하는데 어쩌겠 노. '그런지도 모르겠구나' 하고 말았어.

할아버지는 술을 아주 좋아했는데 그 때문에 영주하고 사이에 한 번 문제가 생겼어. 네가 네 살 때 어느 날 술을 한 잔하고 들어오니까 할아버지 집에 와 있던 영주가 반가

워서 야단이야. 옷 갈아입고 손발 씻고 나니 영주가 "갑갑
해도 참아래이." 하면서 이불을 둘러쓰고 놀자고 해. 갑갑
하기는 해도 나는 참을만 한데 영주가 못 견뎌. "아이, 술
냄새ー. 내일 아침에 만나자." 하면서 이불 밖으로 밀어내
버리는 거야.

　보통 말은 놀라울 정도로 잘 배우고 잘 부려 쓰는데 그래
도 한 가지 어려운 것이 있었다. 존대말과 하대말을 분간해
서 맞게 쓰는 것이 잘 안 되는 모양이었어. 한 번은 피곤하
고 잠도 오고 해서 좀 쉬려고 하는데 영주가 자꾸 스티커
붙이기 놀이를 하자는 거야. 얼마 동안을 하고나니 이제 아
주 지쳐. 그래도 안 하겠다고 하면 울고 난리가 나니까 잠
이 와서 못 견디는 척 하고 스티커 한 장을 놀이판 아닌 내
뺨에 갖다 붙여버렸다. 그것을 보고는 안 되겠다 싶든지
"흐흥, 자라!" 하고는 제 할머니한테로 가더니 "할머니, 할
아버지가 잠이 오셔서 스티커를 지(제) 볼에 붙여버렸다."
고 하고는 깔깔대고 웃었다. '잠이 오셔서'까지는 그런대
로 됐는데 '지 볼'에 가서 말이 아주 이상하게 되어버린 거
지.

　그 보다 더 걸작 한 바탕이 있었어. 네 살 때 어느 날 화
장실에 갔다 오더니 나를 건너다보고는 "아 참, 화장실 불
을 안 끄고 왔다. 자네가 좀 끄고 오겠나?" 하는 것이 아닌

가. 영주 가족은 한 때 제 외갓집에서 산 적이 있었다. 그
때 외할아버지가 제 애비한테 하는 말을 들어두었다가 쓴
모양인데, 어떻게 어이없던지 한 동안 아무 말도 못 하고
멍하니 있었지. 저도 말이 아주 고약하게 된 모양이라는 것
을 느꼈든지 그 말은 그 뒤로 다시는 쓰지 않았다.

2008.8.1.

하느님, 어떻게 생겼어?

　며칠 전 영주가 할아버지한테 전화를 걸어와서는, "할아버지, 하느님 어디서 만났어? 하느님 어떻게 생겼어?" 하고 잔뜩 진지한 목소리로 몇 가지를 연달아 물었어. 그 이야기를 하려고 하면 하는 수 없이 할아버지가 성령(聖靈)을 만나 뵌, 영원히 잊을 수 없는 신비하고 행복한 체험을 한 이야기부터 시작해야겠구나.

　작년, 그러니까 2007년 8월 26일 일이야. 그날이 네 외할아버지 칠순 잔칫날이어서 분명하게 기억을 하고 있어. 너도 참석을 했으니까 알 테지만 그 잔치가 온천장 허심청이라는 데서 열렸지. 할아버지와 할머니가 탄, 그 행사장으로 가는 택시가 할머니가 다니는 수정마을성당 앞을 지날 때 할머니가, 성당에서 '짝교 교우(부부 중 한 사람만 천주교 신자이고 한 사람은 아닌 경우) 성당에 나오기 운동'을 하는데, 나더러 성당에 나가지 않겠느냐고 물었다. 10 여년 전부터 성당에 나가 독실한 신심을 가진 할머니는 전에도 나에게 그런 권유를 한 적이 있었지만 내가 한 마디로 거절을 해 이번에도 그렇게 기대를 하고 말하는 것 같지는 않았다. 나는 전에 한 것과 같이 이번에도 '신앙심은 억지로 가지려 해서 가져지는 것이 아니니까―'라고 해 그 이야기는 그것으로 끝내버리고 말았지.

그날 행사를 마치고 집에 돌아와서였어. 저녁 8시 반쯤 할아버지가 방에 혼자 누워 있는데 갑자기 배꼽 밑 단전(丹田)이라는 곳에서 "아―" 하고 크고 긴 소리가 치밀어 올라와. 그 소리가 하도 크고 또 정도 이상으로 오래 나오니까 할머니가 이상하게 생각하고 내가 누워 있는 방으로 와서는 왜 이러느냐고 해. 그때 내가 아무 생각도 없이 "내, 지금 하느님 만나고 있으니까 나가라."고 했어. 그러니까 할머니는 머쓱한지 그대로 나가버렸어. 그러고도 얼마 동안 더 아랫배에서 그 소리가 계속 올라오더니 갑자기 벌떡 일어나 앉아져. 그리고는 나도 모르게 "잘 못 했습니다. 이제 안 그러겠습니다. 다 받아들이겠습니다. 감사합니다." 하고 큰 소리로 외쳤어. 그것은 아마, 내가 그 전까지 하느님을 믿지 않는, 좋지 않은 언행을 한 것을 나도 모르게 스스로 사죄한 것이라고 보아야 할 것 같아. 그리고 눈물이 비오 듯이 쏟아져. 그러다가 옷걸이 있는 데로 가서 바지와 샤쓰를 벗겨서 입고는 (나는 그때까지 팬티와 러닝만 입고 있었다.) 거실의 십자가 앞에 꿇어앉아 오래오래 눈물을 흘리고 있었다.

신비한 일은 계속되었어. 그날부터 만 일주일 밤낮을 잠이 쏟아 붓는 거야. 아침에 일어나면 화장실 다녀와서 세수하고 밥 먹고 자고, 점심 때 일어나 밥 먹고 자고, 저녁에 일어나 밥 먹고 자고… 그렇게 꼬빡 7일 낮, 7일 밤을 잤어. 그래서 할아버지는, 이것은 하느님께서 나를 부르시는 것이 틀림없다고 생각하고, 할머니와 의논을 한 다음 성당에 나가기로 결심을 했다.

10월 1일부터 정식 신자가 되기 위한 교리수업을 받기 시작했는데 그날 이후 작은 기적이라고 할 수 밖에 없는, 하느님의 은총이 계속해서 내렸어. 교리수업을 받는 첫날 담배 한 대를 피우고 성당에 들어간 나는 수업이 끝나고 나와서는 혼자 '이제 뭔가 조금이라도 사람이 달라져야지' 하면서 남은 담배와 라이터를 쓰레기통에 버려버렸다. 그러고는 다시는 담배를 입에 대지 않게 되었어. 서른 몇 살에 끊었다가 2001년, 다시 피우기 시작하여 7년 동안, 몇 번이나 끊으려 했지만 끝내 끊지 못 해 애를 먹고 있던 담배를 그것으로 완전히 끊어버렸어.

12월 18일 저녁에도 놀라운 일이 일어났어. 혼자 방에 누워 있는데 갑자기 아랫배에서 또 그 전과 비슷한 "아— " 하는 소리가 나오더니 오른 쪽 어깨 쪽으로 전류 같은 것이 찌— ㅇ 하고 지나가. 그때는 그, 이상한 일이다— 하고 그냥 넘어가버렸어. 그런데 이튿날 샤워를 하는데, 그 전에는 오십견이라 하여, 아파서 어깨 위로는 들지 못 하던 오른 팔이 거짓말처럼 들리는 거야. 그 팔로 비누칠을 하고 목과 등을 밀고 해도 가뿐해. 전류 같은 것이 흐르는 것 같을 때 그 쪽 어깨가 나아버렸던 거야.

12월 23일에는 영세를 받았는데 그 날에도 신비한 일이 일어났어. 영세를 받을 시간이 오전 10시 30분이라, 몸도 마음도 깨끗이 하고 가야겠다 싶어서 아침 일찍 욕실에 들어가 샤워를 하고 거울을 보고는 놀라운 사실을 발견했어. 내 얼굴에는 언제부턴가 보기 싫은 검버섯이 서너 군데나 나 있었어. 상당히 큰 것이어서 영 눈에 거슬렸었지. 할머니는 몇 번이나 병원에 가서 수술을 해 떼라고 해 왔는데 귀찮아서 미루어왔던 거야. 그 검버섯이 언젠가 나도 모르게 말끔히 없어져 있는 거야.

그런 일이 있은 한참 뒤 할머니가 네 아버지한테 그 이야기를 해 주면서 알기 쉽게 '네 아버지가 하느님을 만나 뵈었다'고 한 것이지. 너는 그 이야기를 귀를 쫑긋해 가지고 할머니 가슴팍으로 잔뜩 파고들어 숨을 죽이고 듣고 있더라는구나. 사실은 하느님을 만나 뵌 것이 아니고 성령을 만나 뵌 거야. 성령이란 하느님, 예수님과 같은 한몸(一體)으로 인간을 구원하시는 영이시지. 이제 할아버지는 하느님이 계신다는 것을 조금도 의심하지 않는다. 그러니까 우리 영주도, 네 부모도 늦지 않게 성당에 나가 하느님을 믿기 바란다.

2008.8.5.

학교신문에 시(詩)가 실리고—

2007년, 초등학교에 들어가고 얼마 안 되어서 영주에게 경사가 겹쳐 있었다. 그해 9월 20일자 학교신문에 영주의 시가 실렸다. 네 외사촌 동생에 대해서 쓴 짧은 시였어.

내 동생

동생은 귀엽다.
동생은 예쁘다.
동생은 착하다. 춤도 잘 춘다.
목욕을 하고 나면 윤기가 난다.

하는 내용이었는데 그 신문 '글 솜씨 자랑 면(面)'의 제일 위쪽에 머리기사로 떠억하니 실려 있더구나. 신설 학교지만 규모가 상당히 커서 1학년만 해도 7반 모두 2백 명이나 되는데 거기서 '솜씨 좋은 글'로 뽑혔다니 대견한 거지. 내 생각에 영주 글을 뽑은 선생님은 앞의 시행(詩行)들도 좋지만 마지막 행, '목욕을 하고 나면 윤기가 난다'고 한 구절을 특히 좋게 보신 것이 아닌가 싶어. 이제 만으로 일곱 살 된 어린이가 '윤기가 난다'는 말을, 거기에 딱 맞게 골라 쓴 것이 기특해 보인 것이 아닌가 해.

그해 11월 14일에도 좋은 일이 있었어. 영주는 보통 저녁 7시 쯤 할아버지한테 전화를 하는데 그 날은 5시에 전화를 걸어왔어. 무슨 일인가 했더니 상을 받았다는 거야. 그 며칠 전 학교에서 '바른 글쓰기' 대회를 했는데 거기에 낸 영주 글씨가 '우수상'을 받았다는 것이다. 영주는 그림도 잘 그리지만 글씨도 반듯 반듯 예쁘게 써서 할아버지가 늘 흐뭇하게 생각해 왔는데 상을 받은 거야. 처음에, 학교 생활에 어떻게 적응을 하려나 하고 은근히 걱정을 했었는데 연달아 그런 상을 받으니 네 부모, 할아버지, 할머니가 기뻐할 만도 했지.

영주는 2학년 때 또 한 번 큰 상을 받았어. 올해 봄, 영주가 다니던 산수학원에서 부산의 학원연합회 주최 산수경시대회에 영주를 내 보냈어. 영주는 산수에 그렇게 큰 재능을 타고 난 것 같지 않아 보여 별 기대를 안 했는데 놀랍게도 거기서 대상을 받았어. 그것만 해도 얼마나 큰 경사야. 그런데 그 게 끝이 아니었어. 그 학원의 전국 연합회대회가 대구에서 열렸는데 영주가 거기에 나가서 '우수상'을 받은 거야. 학원 원장님도 놀랍다면서 아주 기뻐하셨어. 할아버지는 어떻게 기분이 좋든지 몇 번이나 대단하다고 칭찬을 했지. 그런데 영주는 그때마다 '어쩌다가 그렇게 됐다'고, 꼭 어른 같은 소리를 했어.

참, 이 무렵에 영주가 크게 달라진 게 하나 있었다. 한 번씩 할아버지 집에 왔을 때 그 전처럼 무얼 사 달라는 말을 거의 안 하는 거야. 이제 애도 컸고 학교에도 들어가고 해서 그런가 보다 했는데 그런 이유도 있었지만 또 다른 생각이 있어서 그런다는 것을 그 뒤에야 알았다. 어느 날 한가한 시간 영주가 할머니에게 '할아버지, 할머니 둘 다 아무도 돈 안 버는데 어떻게 사느냐'고 심각한 얼굴로 묻더라는 거야. 그래, 할머니가 할아버지와 할머니는 퇴직을 했지만, 연금을 받고 있어 그런 걱정은 안 해도 된다고 안심을 시켰다고 한다. 그 말을 듣고 할아버지는 영주가 정말 어린 애답지 않게 속이 깊은 아이라는 것을 다시 한 번 알게 되었단다.

2008.11.15.

엄마가 아파서—

오늘이 지나면 영주가 우리 나이로 열 살이 된다. 갓 태어나 옹알이를 하고, 뒤집고, 기고, 걸음마를 하던 것이 어제 같은데 벌써 세월이 근 10년이나 지나 내일이면 10대 소녀가 된다니, 참 세월이 화살 같이 빠르다는 말이 실감이 난다.

올 한 해도 영주가 탈 없이 잘 자라 주어 할아버지, 할머니는 무엇보다 그것이 고마웠다. 그런데 연말에 네 엄마 때문에 우리 집은 물론이고 네 외가까지 걱정을 많이 했었다. 영주 가족은 세 사람이 모두 언제나 건강해서 할아버지는 항상 그것이 고맙고 미더웠었다. 특히 네 아빠, 엄마, 영주는 모두 무엇이나 다 잘 먹어 주위에서 보는 사람들의 화제가 되곤 했단다. 네 외할머니께서 언젠가 한 번, "영주 가족은 다 잘 먹는다. 영주 엄마도 잘 먹고, 영주도 잘 먹고, 영주 아바이는 더 잘 먹고—" 하신 적이 있을 정도였지.

그런데 며칠 전 네 엄마가 갑자기 아프다는 거야. 진찰을 받아보니 맹장염인 것 같다는데 그날이 또 하필 일요일이라 병원에 옳은 의사도 없었어. 거기다 공교롭게도 네 아빠는 일본인가 어디로 출장을 가버리고 없고—. 그날 밤 할아버지는 밤중에 무슨 일이라도 생기면 어쩌나 하고, 애간장을 태웠어. 나중에는 혼자 예수님과 성모님상을 모셔 놓은 작은방에 들어가 하느님께 기도를 드렸다. 본래 천주교 신자에게는 '도둑질 하지 마라', '남의 재물을 탐내지 마라'는 등 10 가지, 반드시 지켜야 할 것이 있는데 그것을 '10계명(誡命)'이라고 하지. 그 중 하나가 '하느님을 함부로 부르지 마라'는 것이야. 그래서 할아버지는 영세를 받은 지 1년이 넘어도 한 번도 나의 바람을 가지고, 하느님께 이러이러하게 해 주십사 하고 빈 적이 없었단다. 그러나 그날은 마음이 어찌 불안하고 초조하던지 그 방에서 촛불을 밝혀 놓고 영주 엄마가 탈 없이 나아 건강을 되찾게 해 주십사 하고 기도를 드렸단다.

이튿날은 영주 엄마가 수술을 받는 날이라 할아버지가 영주를 보아주러 아침 일찍 구서동으로 갔어. 오후에 수술이 있다는데, 병원에는 네 외할머니가 가 계셨어. 수술에 들어갔다고 하고도 시간이 어떻게 오래 걸리는지— 그때 할아버지가 마음 졸인 것을 생각하면 지금도 진땀이 나려 한단다. 예정보다 시간이 훨씬 지나 네 외할머니께서 '수술 잘 되었다'고 전화를 해 오셨어. 할아버지는 그제야 '휴우—' 한숨을 내쉬고 마음을 놓았지. 얼만가 있으니까 네 엄마한테서 영주한테 전화가 왔어. 그러고는 영주가 밥은 먹었는지, 숙제는 했는지를 묻더구나. 영주는 커서도 그날 일을 잊어버리면 안 될 거야. 엄마가, 그런 위험한 수술을 받고 마취에서 깨어나자말자 바로, 그 고통스런 중에, 만사 젖혀두고 영주 걱정부터 한 그 일 말이야.

2008.12.31.

영주가 사 준 나를 닮은 낙타 토우(土偶)

한평생 글쓰기, 책읽기를 하면서 산 사람의 것 치고 나의 서재란 것은 참으로 보잘것없다. 가지고 있던 책이 '장서' 라 할 만큼, 비교적 많은 편이었지만 퇴직할 때 몇 몇 제자에게, 그 사람에게 꼭 소용될만 한 것은 주고 나머지는 대부분 학교 도서관의 처분에 맡겨버렸다. 내 방, 책장과 책상에는 성경, 우리 말 사전, 영어 사전, 한자 자전, 내가 쓴 책 몇 권만을 두고 있다. 그러니까 상당히 큰 책장에는 빈 자리가 많게 되었는데 그 자리를 채우고 있는 것들이 그 동안 해외여행을 다니면서 사 온 기념품들이다. 기념품이라고 하니 무슨 진귀한 골동품이나 값비싼 외국 특산품쯤 되리라고 생각하면 잘못이다. 그냥, 눈에 띄는, 그곳을 여행

한 기념이 될만 한 것을 사 왔을 뿐이다.

1979년 여름 일본 북해도에 갔을 때는 그곳 원주민 아이누족 사람들이 만들었다는, 키가 한 자 쯤 되는 혹가이도 목각 곰 인형을 사 왔고, 1994년 뉴질랜드에 갔을 때는 그 사람들의 나라새(國鳥)라는, 갈색 나무로 만든 조그마한 새, 키위 한 마리를 사 왔다. 1997년 멕시코에 갔을 때는 특별히 기념이 될 만한 것이 없다… 하고 있는데 한 백화점 진열대에 놋쇠로 만든, 갓난아기 주먹만 한 부엉이 한 마리가 눈길을 끌었다. 그 1년 반 전, 7년 여를 모시고 있던 L총장이 별세했었다. 비교적 가까이에서 모신 분이라 그 분이 돌아가시고 난 뒤 간혹 그 모습이 눈에 밟히곤 하던 때였다. 그런데 그 부엉이가 둥그런, 원융한 얼굴에 안경을 낀, L총장의 그 덕성스런 이미지와 놀랄 만큼 닮았었다. 됐다, 더 둘러 볼 것도 없이 저 부엉이선생을 모시고 가자, 하고 덜렁 사 왔었다.

한가한 때 이런 예닐곱 개의 기념품들을 보고 있으면 이제는 가버린 내 젊은 시절, 당시 여행을 하면서 정들었던 사람들, 까마득히 잊혀져 가려는 이국에서의 이런저런 일들이 파노라마처럼 되살아나 행복한 추억에 젖곤 해 왔다.

그러던 중 영주가 자라면서 그 기념품 식구가 하나, 둘 늘어가기 시작했다. 2008년에는 영주가 제 부모와 아프리

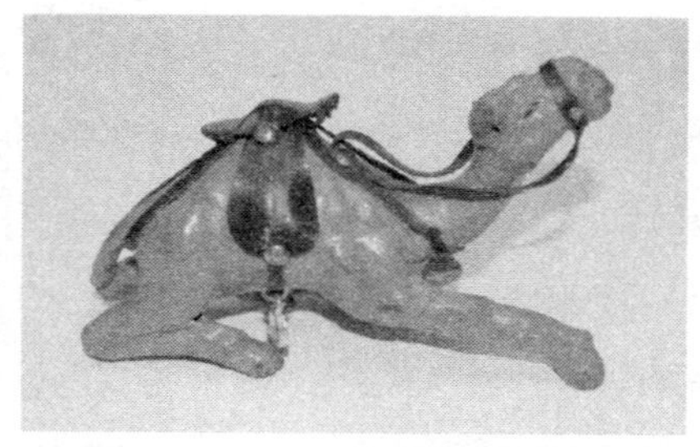

카의 튀니스에 갔다 오면서 흙으로 빚어 구워 만든 낙타 한 마리를 사다 주고, 그 이듬해에는 발리에 갔다 오면서 꽃무늬가 아름답게 놓인, 나무로 만든 코끼리 한 마리를 사다 주었다. 제 부모 말을 들으니 언제나 여행이 끝나 갈 무렵이면 '할아버지 선물…, 할아버지 선물…' 하면서 이리저리 다니면서 제가 무엇을 골라서는 그것을 사 달라고 하더란다. 내 집에 왔을 때 책장에 그런 기념품들을 두고 있는 것을 보고는 내가 그런 것을 좋아한다고 생각한 모양이었다. 옛날의 카르타고라고 하는 튀니스와 남태평양의 휴양지 발리는 내가 가보지 못 한 곳이지만 영주의 마음이 고마워 그 선물들을 볼 때마다 마음이 흐뭇해진다. 그 중에서도 낙타 토우(土偶)는 특히 내 마음에 든다. 어른 주먹만 한 크기의 이, 황토색 동물은 빈 안장만 진 채 눈을 지그시 감고 앉아 있는데 정년으로 물러나 만사 다 놓아버리고 우두커니 먼산만 바라보고 앉았는 내 모습 같아서 더욱 마음이 끌린다.

2010.1.10.

벼슬을 한 영주

머칠 전 영주가 완전히 들뜬 음성으로 전화를 걸어와, 목소리만 듣고도 이 녀석한테 무슨 신나는 일이 있었구나, 하는 생각이 들었다. 자기 딴엔 제 감정을 바로 드러내지 않느라고 "어제 전화 드리려고 했는데 숙제한다고 깜빡 해서…" 어쩌고 하더니 그것은 뜸들이기였고 아니나 다르랴, 본론이 나오는데 자기가 어제 반장, 부반장 선거에서 부반장에 뽑혔다는 것이다. 자기 반 30명 반원들이 투표를 했는데 반장에는 한 남학생이 뽑히고 부반장에는 여학생 중 제일 많은 12표를 얻어 제가 당선되었다는 것이다. 우선 축하를 해 주고 한참을 제 이야기를 들어준 다음 전화를 끊고 나니 여러 가지 생각이 났다.

먼저 까마득한, 62년 전의 내 어린 시절 일이 떠올랐다. 고향, 시골에서 십리 밖에도 나가 본 적이 없던 나는 1948년, 아버지의 직장을 따라 경상남도 진해로 가서 그곳 국민학교(초등학교)에 입학을 했다. 부모님께서는 산골 한촌에서 나온 애가 닳고 닳은 도시 애들하고 제대로 섞여 놀 수 있을지 모르겠다고 걱정들을 하셨다. 그러나 그런 걱정은 금방 안 하셔도 되게 되었다. 20세를 갓 넘긴 것으로 기억되는 담임, 처녀선생님이 나를 반장을 시켜주었기 때문이다. 반장이 되니 좋은 것이 한두 가지가 아니었다. 무엇보다 선생님이 이유 없이, 지명을 해 반장을 시킨 경우라 그것 자체로 '선생님이 좋아하는 애'라는 것이 공공연히 드러나버린 셈이어서 노력을 안 해도 저절로 친구가 많이 생겼다. 또 나는 본래 수줍음이 많아 남 앞에 나서면 얼굴부터 빨개져가지고 쭈볏쭈볏했었는데 그런 면도 몰라보게 줄어들었다. 그리고 제일 좋았던 것이 학교 가는 일이 즐겁고 수업시간이 기다려지고 하니까 성적이 쑥쑥 올라갔다는 것이다.

영주도 반장이 아니고 부반장이라지만 성장하는 데 여러 가지로 좋은 계기가 되겠구나 하는 생각이 들었다. 더구나 이 경우는 나처럼 임명제가 아니고 민주적인 절차에 따른 경쟁선거니까 더욱 뜻이 있을 것 같았다. 그리고 당시에는 서운하고 안쓰러웠지만 영주가 2학년 때 한 번, 그 선거에서 떨어졌던 것이 좋은 약이 되었을 것 같았다.

1년 여 전 영주가 반장 선거에 나갔다가 떨어졌던 모양이었다. 애의 자존심에 관계되는 일이기도 하고 또 가뜩이나 사기가 떨어져 있을 건데 싶어서 우리 내외는 모른 척하고 있었다. 그 뒤에 들으니 제 부모한테도 자세한 이야기는 안 하고 그냥 "표가 아주 적게 나왔다."고만 하더란다. 그 때 나는 혼자 어쩌면 떨어진 것이 더 잘 된 일인지도 모르겠다고 생각했었다. 요즘 젊은 사람들은 너나없이 애를 하나씩만 낳는다. 그러니까 자연 그 애한테 온 신경을 쓰고 과잉보호를 한다. 그러다 보니 애도 제밖에 모르는 경향이 있는 것이 사실이다. 영주도 예외일 수 없을 것이다. 그런 현실이니 이런, 반장 선거 같은 데서 한 번 져 보는 것도 인성교육에 어떤 도움이 되지 않겠나 해서였다. 표 경쟁에서 지면 좌절을 겪게 되고 위축감도 느끼겠지만 그만큼 자기반성도 할 것이다. 자연 자기가 대인관계에 있어서 무엇을 고쳐야 할 것인가를 생각하지 않을 수 없을 것이기 때문이다. 그리하여 친구들과의 인간관계가 개선이 된다면 반장, 부반장이 문제가 아니고 만리 같은 제 앞날을 살아가는 데 그만큼 큰 소득도 없을 것이다. 이번에 영주가 부반장이 된 것도 저 번의 그와 같은 실패가 있었기 때문이었다고 할 수도 있을 것이다.

그것까지는 좋은데, 그 선거를 계기로 내가 결정적으로 더 외로워지게 되어버려 문제다. 열 살이 되고도 토요일에는 한 번씩 내 집에 와서 놀다가 가곤했는데 이 녀석이 벼슬을 하고나서는 친구들과 약속이 있다면서 벌써 몇 주째 '갈토(학교에 가는 1, 3주… 등 홀수 토요일)'에는 물론 '놀토(노는, 짝수 토요일)'가 되어도 도통 발걸음을 안 한다.

2010.4.8.

유복하나 측은한 영주

특별히 여유 있는 집에 태어난 것도 아니지만, 영주는 참 좋은 세상, 좋은 세월 만나 산다는 생각을 할 때가 많다. 그전 세대들에 비해 우선 물질적으로 풍요로움을 누리고 있다는 것부터 그렇다. 40평이 넘는 좋은 아파트에 살고 있고 그 아파트 문 밖에 바로 학교가 있어 우리 때의 '학교 다니기'에 비하면 제 집에 앉아서 하는 공부나 다를 것이 없다. 철 따라 곱고 편한 옷 사 입고, 말만 떨어지면 먹고 싶은 것 원대로 먹고, 온갖 과일은 물론이고 사탕, 과자하며 군것질 할 것이 떨어지지 않는다. 수시로 재미있는 영화, 연극 왔다 하면 극장 구경 가고, 집에 앉아서도 텔레비전 보고, 컴퓨터 게임하고, 전자오락 하고, 몇 백 미터 거리도 안 걷고 차 타고, 봄이면 꽃구경, 여름이면 해수욕, 가을이면 단풍놀이, 겨울이면 스키 타러 간다. 열 살 나이에 벌써 아프리카로, 오스트레일리아로… 해외여행을 몇 번이나 다녀왔다.

영주의 그런 유복한 생활을 보고 있노라면 나도 모르게 우리 자라던 때를 되돌아보게 된다. 나의 소년 시절은 해방 전후, 6.25사변 전후로 우리 집 뿐아니라 온 나라 사람들이 모두 불안과 혼란, 가난에 시달리던 때였다. 그 때 겨울은 춥기는 왜 그리 지독하게 춥던지, 영하 4~5도가 보통이었다. 그 추위에도 요즘 같은 세터, 점퍼, 토퍼, 외투 같은 것은 없고 대개 얇은 무명 옷 한 겹을 입고 오들오들 떨며 지냈다. 먹는 것도, 양식이 모자라 죽을 끓이고, 나물이며 무를 넣어 지은 밥이라도 세 끼를 먹을 수 있으면 다행이었다. 일 년 가야 명절이나, 어른들 생일, 무슨 잔치 아니면 고기반찬 구경하기란 어려웠다.

그 시절을 생각하면 언제나 쓴웃음을 짓게 되는 일들이 있다. 우리 또래 친구들이 신나게 뛰어놀고 있으면 어른들은 누구없이 '뛰지 마라'고 했다. 먹은 것도 시원치 않은데 배 꺼지면 안 된다는 것이 첫째 이유고 다음으로는 어렵게 사 신긴 고무신이 닳는다는 것이다. 또, 우리 집은 그렇게까지는 안 했는데, 대부분의 동무들 말을 들으면 어른들은 언제나 아이들을 일찍 자라고 다그쳤다. 안 자면 호롱불을 켜 두고 있게 되는데 그러면 비싼 석유가 닳는다는 것이다. 공부한다고 그런다고 해도 안 통했다 한다. 까짓 공부한다고 당장 돈이 생기나 쌀이 생기나… 하는 것이 어른들 생각이었다. 마지막으로 생각나는 것이 학교에 못 가게 한 것이다. 어느 집이나 모심기 같은 농사일이 바쁠 때면 학교에 가지 말고 일을 도우라고 했다. 그러다 보니 공부 잘 했다고 주는 우등상은 늘 받았지만 지각, 결석 안 한 애한테 주는 개근상은 한 번도 못 받았다. 그래서, 농사 안 짓는 읍내 친구들이 그 상을 받는 것을 보면 그것이 그렇게 부러울 수가 없었다.

그런 저런 것 생각하면 불과 2 세대, 60년 남짓한 세월 차이이지만 영주 또래는 참으로 축복 받은 아이들인 것 같다.

그러나 그렇다고 처음부터 끝까지 다 그런 것은 아니지 않나 하는 생각도 든다. 따뜻이 잘 입고, 어려움 모르고 산다고 하지만 요즘 애들은 대체로 우리 자랄 때 보다 약한 것 같다. 걸핏 하면 감기니 몸살이니 하고 체력도 그렇게 강하지 않아 보인다. 그에 비하면 얇은 옷 입고 혹한에 시달리고, 풀베기, 나무 해 오기… 일에 부대끼면서 자란 우리 세대가 여러 가지 내성을 얻고 단련이 되어 더 강하지 않았나 한다.

먹는 것도 그렇다. 너무 맛있는 것, 아쉬움 없이 먹고 있으니 우리가 느끼던 맛을 못 느끼는 것이 아닌가 싶다. 우리 세대는 어쩌다가 한 번 씩 얻어먹어 놓으니 야윈 간갈치, 간고등어 한 토막이 그렇게 천상(天上)의 음식 같이 맛있었지 않았나 한다. 맛있다 싶은 음식도 늘 원껏 먹으면 미각 신경이 피로를 느껴 나중에는 맛을 모르게 된다. 지금 영주 세대 애들에게 그런 면이 있지 않나 싶다.

일 안 시키고 공부만 하도록 해 준다는 것도 다른 한편에서 보면 좋기만 한 것도 아닌 것 같다. 애들이 너무 혹사를 당하는 것 아닌가 해서 하는 말이다. 학교 수업만 해도 적잖은데 학교 마치고 나서도 거의 숨 돌릴 틈도 없다. 영어, 논술, 피아노학원을 가야 하고 집에 돌아오면 또 집에서 한자 과외, 바이올린 과외선생의 방문수업이 있다. 제 부모가 알아서 하는 일이라 이래라, 저래라 하지는 못 하지만 애가 측은해서 못 볼 지경이다.

그러니까, 어린애나 나이 든 사람이나, 그 때나 지금이나 사람살이에는 그 나름의 낙(樂)이 있고 고달픔이 있는 것인가 보다.

2010.4.10.

할아버지가 가장 어려웠던 세월

할아버지는 30년 가까운 세월 전 내가 친 시험의 문제지 한 장을 지금까지 간직하고 아주 어려운 일이 있을 때면 그것을 꺼내 보곤 했다. 사람살이란 크게 예외가 없어, 살아가노라면 늘 순풍에 돛 단 듯이 모든 것이 잘 풀려 나가는 것이 아니고 크든 작든 난관에 부딪히고 돌부리에 걸려 넘어지기도 하게 마련이다. 아득히 먼 옛날, 영주가 태어나기도 전의 일이지만, 영주가 살아가면서 어려운 일에 봉착하면 다음에 이야기하는, 할아버지의 경험을 조금이라도 참고하여 용기를 내기 바라는 뜻에서 몇 자, 글을 남긴다.

지금으로부터 정확하게 29년 전, 1981년 초 할아버지는 부산에 있는 한 대학의 박사과정 입학시험을 보고 있었다.

전공인 국어국문학과 제1외국어, 영어는 그런대로 잘 써 냈는데 마지막 시간인 제2외국어, 독일어 시험이 처음부터 걱정이었다. 독일어는 할아버지가 특별히 누구한테 배운 적이 없고 7~8년 전에 독학으로 조금 익혀 둔 것이 전부였는데, 그것도 오랫동안 손을 놓고 있다가 3개월 가량 복습을 하고 갔으니, 사실은 그러고 박사과정 입학시험을 치러 갔다는 것부터가 무리였던 것이지. 이윽고 시험시간을 알리는 부저가 울리고, 떨리는 손으로 문제지를 받아 펼쳐 보니, 금방 눈앞이 캄캄해졌다. 상당히 긴 두 문단을 해석하라고 하고 있었는데 내가 아는 단어는 극소수고 거의 전부 모르는 것들이었다. 맥이 타악 풀리면서 '포기할 수밖에 없구나' 하는 생각이 들었다. 그 순간, 갑자기 "아이, 아빠…" 하면서 울먹이던, 당시 10살, 지금의 네 나이이던 네 아빠의 말이 떠올랐다.

네 아빠 이야기를 하려면 그 전에 왜 할아버지가 마흔 한 살이나 되는 나이에 그런 시험을 치러 갔던가부터 말해야 하겠구나. 할아버지는 소년 시절부터 장래의 꿈이 신문기자가 되는 것이었다. 그래서 대학을 졸업하자 바로 신문사 입사시험을 쳐 그 회사에 들어갔었다. 그 일은 오랫동안 꿈꾸어오던 것이었고 적성도 맞아 얼마 안 가 실력을 인정받았어. 그래서 만 39세에 사회부장 자리에 앉게 되었지. 당시 나는 내 한 평생은 이렇게 내 꿈대로 언론인으로 보람 있게 살게 되는구나 하고 있었지.

그런데, 1979년 박정희 대통령이 암살당하면서 나라가 극도로 어지러워지더니 군인들이 총칼을 들고 나와 정권을 잡았어. 그리고 그들은 자기들 마음에 들지 않는 사람들을 무자비하게 핍박했다. 신문사의 경우에도 모진 바람이 불어와 고집스럽게 올곧은 말을 하는 사람, 그들의 말을 고분고분 듣지 않는 사람들을 회사에서 강제로 내쫓았다. 그 서슬에 할아버지도 13년 반이나 근무하고 있던 그 신문사에서 강제해직이 되어 하루아침에 직장을 잃고 거리에 나앉게 되었다.

그 당시에 받은 할아버지의 충격은 말할 수 없이 큰 것이었다. 내 나름으로 진실하게 산다고 살았는데, 남 울리지 않고, 부끄럽지 않게 산다고 살았는데, 그렇게 살아도 이런 일을 당한다면 내 같은 사람은 이 나라에서는 살 수 없다는 것 아니냐 하는 생각에 절망감을 주체하기가 어려웠다. 그래도 어린 네 아빠 형제, 할머니하고 먹고 살아야 하는데 그 일도 막막하기 짝이 없었다. 그 당시 나는 책이니 글이니 하는 것에 환멸을 느껴, 그래도 아직은 젊으니 공사장에 가서 철근이며 블록 짐이나 져서 살까 하는 생각까지 했다. 하루는 네 할머니와 마주 앉아서 "이제 책상머리 일은 질렸다. 다 팔아가지고 구멍가게라도 하나 차리면 안 될까?”
했다. 그 때 그 이야기를 듣고 있던 네 아빠가 끼어들었다.
우리 집이 어떻게 구멍가게를 할 수 있느냐는 것이었다. 네
아빠는 제 아버지가 신문사 간부라는 것을 사방에 자랑하
고 다녀 당시 제 담임선생님으로부터 ‘아버지에 대한 자부
심이 대단한 아이’란 말을 들었었다. 그런 아버지가 구멍
가게를 한다는 것은 있을 수 없는 일이라는 것이었지. 그래
서 할머니가 ‘직업에는 귀천이 없단다.’ 하고 가만히 타일
렀는데 그 말은 반 귀에도 안 들리는 듯 “구멍가게 하세요.
그러면 나는 가면 쓰고 다닐 거다.” 우는 소리를 하면서 일
어나 나가버렸다.

시험지를 받아들고 ‘포기’를 생각하는 순간 바로 그 때
일이 떠오른 것이다. 그 당시 나는, 이애는 아직 어리지만
밥을 먹고 못 먹고가 문제가 아니고 꿈을 잃은 아버지를 받
아들일 수 없는 것이라는 생각을 했었다. 그런데 내가 여기
서 주저앉아버리면 나의 꿈은 물론 그 애의 꿈도 사라져버
린다, 그리고 부딪혀 보지도 않고 포기해버린다는 것은 지
금까지 살아온 나의 삶의 태도가 아니지 않느냐, 무모한 짓
인지 모르겠지만 싸워보자, 나는 새롭게 마음을 다잡아 먹
었다. 마침 제2외국어시험에는 사전을 볼 수 있게 되어 있
었다. 그것이 나에게 남은 단 하나의 활로였다. 곧 사전을

들고 처음부터 단어 하나하나를 찾아나갔다. 나의 성공 가능성이 극히 희박한 고투가 시작된 것이다. 그것은 시험지와의 싸움이자 시간과의 싸움이었다. 50 분이 안 되는 시간 안에 최대한 단어를 찾아야 하는데 그것도, 단어에는 여러 가지의 뜻이 있어(多義性) 그 중에서 그 글에 맞는 뜻을 골라 찾아야 하니 어려워도 여간 어려운 일이 아니었다. 정신없이, 대강 단어를 다 찾고 나서 (뒤에 헤어보니 그 때 내가 찾은 단어는 모두 56개였다.) 시계를 보니 10 분이 남아 있었다. 말이 그렇지 수 십 개의 단어를 찾아 놓으니 문제지가 온통 새까맣게 된 게 기분에, 내가 캄캄하게 어두운 미로(迷路)에 갇혀 있는 것 같았어. 정신이 어질어질한데 그래도 그 단어들을 꿰어 의미를 이루어내는 작업을 해야 했다. 시험 종료 부저가 울릴 때쯤에는 나의 그, 기이한 퍼즐게임도 간신히 끝나, 어느 행인의 일상에 대한 이야기가 어설프게나마 꾸며졌다. 천행으로 나는 그 시험에 합격을 하고 그리고 2년 뒤 그 덕분에 대학교수가 되었다. 그 뒤로 나는 어려운 일에 부딪혔다 싶으면 그때 일을 생각하고 '그런 난관도 헤쳐 나왔는데…' 하고 기운을 냈단다.

　그러니 영주야, 앞으로 어떤 어려움에 부딪히더라도 절대로 포기하지 말고 최선을 다 하는 사람이 되기 바란다.

2010.5.21.

어머니의 마지막 당부

(나를 부르는 소리 같은데?) 아들은 산을 내려가던 걸음을 멈추고 귀를 기울여보았습니다. 아무 소리도 들리지 않았습니다. (바람소리를 잘 못 들었나…) 하고 다시 걸음을 떼놓으려 하는데, "애야…, 애비야…" 하는 소리, 잘 못 들은 것이 아니었습니다. 그것은 분명히 자신을 부르는 어머니의 목소리였습니다. 아들은 마음이 착잡해졌습니다.

옛날, 먼 옛날 우리 이웃의 한 나라에는 아주 슬픈 풍속이 있었습니다. 당시 그 나라에서는 먹을 것이 모자라 노인의 나이가 일흔 살이 되면, 그해 첫눈이 오는 날 아들이 깊은 산속에 져다 버렸다는 것입니다. 그 때의 이야기입니다.

한 아들이 늙은 어머니를 산에다 버리고 오는 길입니다.

아들은 자기를 낳아 길러준 어머니를 갖다버리기가 싫었습니다. 농사일을 더 열심히 해서 곡식을 좀 더 거두도록 하고 그래도 양식이 모자라면 배가 고파도 참고 조금씩 나누어 먹으면 되지 어떻게 제 부모를 내다버린단 말이냐, 하는 생각이 들었습니다. 그러나 온 세상이 다 그러는 것을 자기만 그러지 않으려니까 사람들의 눈총이 무서웠습니다.

그래서 할 수 없이 오늘 어머니를 산에다 버리고 오는 길입니다. 아들은 눈발이 흩날리는 추운 산에다 어머니를 버리고 오려니 가슴이 찢어질 듯이 아팠지만 그래도 꾸욱 참고 산을 내려오고 있었습니다. 그런데 그, 어머니가 자신을 부르는 것입니다. 아들은 그 자리에 선채 어떻게 해야 하나… 생각에 잠겼습니다. 그때, 어머니를 지고 마을을 떠나기 전에 동네 사람들이 자신에게 두 번, 세 번 하던 말이 생각났습니다. 어머니를 산속에 내려놓고는 지겔랑 그 부근 어디에다 버리고 바로 내려와야 하는데, 어떤 일이 있어도 절대로 뒤돌아보아서는 안 된다는 것이었습니다. 그 말도 그 말이고, 무엇보다 어머니가 부른다고 되돌아가면, 날 버리고 가지 말라고 울면서 매달리지 않을까, 그러면 어떻게 하나 하는 것이 더 큰 걱정이었습니다. 못 들은 척, 그냥 가버릴까…그러나 그럴 수도 없었습니다. 그랬다가는 한평생 '얘야…, 애비야…' 하고 자기를 부르던 어머니의 목소리가 귀에서 떠나지 않아 견딜 수 없을 것 같았기 때문입니다. (이제 어머니를 다시는 못 볼 것인데 그럴 수야 있나…) 아들은 하는 수 없이 되돌아갔습니다.

아들이 가까이 오자 어머니가 말했습니다.

"얘야, 한 가지 말한다는 걸 잊어버렸더라. 저—기, 곰바우등 너머 청석골 있지? 거기서 한 등을 더 넘어가면 아무도 모르는, 커다란 도토리나무가 있단다. 가을이 되거든 거기 가서 도토리를 주워다가 양식 모자랄 때 묵을 쑤어 먹도록 해라."

라고 했습니다. 해마다 가을이면 어머니는 어디에선가 황소 눈알만큼이나 큼직큼직한 도토리를 한 자루 주워와 두었다가 햇보리가 나기 전, 양식이 떨어지려 할 때면 묵을 쑤어 온 가족이 허기를 면하게 해 주었는데 그 도토리나무 있는 곳을 가르쳐 준다는 것을 잊었었던 것입니다. 그 말을 마치고 어머니는,

"그 말 할라고 불렀다. 이제 가 보아라. 내려가다가 해 지면 길 잃는다. 어서 가 봐. 어서!"

하고 손을 저으면서 빨리 내려가라고 했습니다. 그래도 아들은 어머니의 재촉이 귀에 들리지 않는지 그 자리에 장성처럼 멍하니 서 있습니다. 한참을 그러고 있던 아들은 마

침내 걸음을 떼어놓았습니다. 그런데 산을 내려가는 길이
아니라 엉뚱한 데로 갑니다.

어머니가 보니 아들은 자기를 내려놓은 다음 저쪽에 던
져버린 지게가 있는 데로 가는 것입니다. 거기서 지게를 다
시 주워서 한쪽 어깨에 걸친 아들은 입을 꾹 다물고 자기한
테로 되돌아오고 있었습니다.

위의 글은 영주를 위해서 할아버지가 지은 것이다. 2010
년, 영주가 4학년 때 봄, 네 담임선생님께서 너에게 부모님
께 말씀 드려서 어린이들이 교훈을 얻을 수 있는 좋은 이야
기 하나를 지어 오도록 하라고 하셨던 모양이지? 네 엄마,
아빠가 자기들은 그런 일, 엄두가 안 난다고 할아버지가 좀
해 주었으면 하더구나. 오랫동안 학생들에게 소설에 대한
것을 가르치기는 했지만 할아버지도 그런 일은 한 번도 해
본 적이 없었어. 그래도 영주 선생님 말씀인데 어쩌겠니?
며칠을 고심을 해서 만든 이야기가 위의 글이야. 참, 우리
영주 덕분에 할아버지가 온갖 안 해 본 일도 다 해 본다.

2010.4.17.

8년 만에 핀 '돌꽃(石花)'

그럴 나이이기는 하지만 요즘의 나는 내가 보아도 지나치게 만사에 무덤덤하고 시큰둥한 사람이 되어버린 것 같다. 아침에 눈을 뜨면 해가 떴나보다 하고, 어둑해지면 또 하루가 지나가구나… 하는 식이다. 그런 나에게 4월 들어 모처럼 눈이 번쩍 뜨이는 일, 어떤 경이감에 감동을 느끼기까지 한 일이 있었다.

전혀 기대하지 않았던, 그래서 더욱 반가운 한, 개화(開花)를 보게 된 것이다. 오래 전에 영주가 나에게 선물로 준 선인장이 꽃을 피운 것이다. 영주가, 세 살 나던 지난 2003년 10월, 내 생일선물이라면서 조그마한 선인장 화분 하나를 주었었다. 보통 선인장이라고 하면 키가 2 미터쯤은 되고 커다란 가시가 난 것을 연상하게 되지만 영주가 준 것은 아주 작고 특이하게 생긴 것이었다. 내 새끼손가락 손톱만 큼씩 한, 토실토실 터질 듯이 살이 찐 잎이 둥그런 모양의, 4~5개 층을 이루며 자라는 것이었다. 식물도감을 뒤져 보고 인터넷에서 검색을 해 보아도 이름은 알 수가 없었다. 이 짙은 녹색의 다육식물(多肉植物)은 생긴 것이 다부지고 기세가 강해 볼 때마다 기분이 좋았다.

이 식물은 내 귀여운 손녀의 선물이라는 의미도 있거니와, 나의 불찰로 한 번, 거의 절망적이라 할만 한, 죽을 고비를 넘기고 살아난 것이라 더욱 특별한 정을 느껴 온 것이다.

내가 학교에 재직하고 있던 2004년 봄, 마침 내 연구실이 채광이 좋아 이 화분을 거기다 갖다 놓았다. 물은 한 달에 두 번쯤 반드시 내가 주었다. 잘은 모르지만, 화초도 낯가림을 한다는 것이 내 생각이다. 식물은 물이 좀 적으면 적은 대로, 약간 많으면 많은 대로, 늘 주던 사람이 늘 주던 식으로 주면 거기에 익숙해 잘 살아가는 것이 아닌가 싶다.

그렇게, 이 선인장도 나한테 온 그 이듬해 중반까지 아무탈 없이 잘 자랐다. 그런데 그해 여름에 문제가 생겨버렸다. 7월에 11박 12일 일정으로 북유럽 여행을 다녀왔는데 여행에서 돌아와 보니 아뿔싸, 그 선인장이 거의 빈사상태에 빠져있는 것이 아닌가. 여행 떠날 때 물을 주었어야 했는데 안 주고 가, 날짜를 꼽아 보니 물을 준 지가 한 달이 넘어 있었다. 그 싱싱하던 잎들이, 제일 위쪽 것부터 시들어 온통 누렇게 변색이 되어 있었다. 물을 흠뻑 주기는 했지만 아무래도 구하기가 어려울 것 같았다. 내 관심, 애정이 부족해서 이렇게 되었구나… 하는 후회가 되었다. 그러나 이미 그렇게 된 일, 후회해도 소용이 없고 이제 내가 할 수 있는 일이란 이 식물이 기적처럼 되살아나기를 바라는 수밖에 없었다.

종류가 어떤 것이든 선인장이란, 메마른 사막에서 살아온, 강인한 생명력을 타고난 식물이 맞았다. 하루 가고, 이틀 가고― 닷새쯤 지나니까 아래쪽 것부터 눈에 띠게 생기를 찾기 시작하더니 일주일이 지나자 이미 아주 시들어버린 것 같았던 맨 위 잎까지 반지르르 녹색 윤기를 띠기 시작했다. 완전히 소생을 한 것이다.

그것을 보고 나는 그때부터 이 선인장의 이름을 '석화(石花＝돌꽃)'라고 하기로 했다. 선인장 중에 '석화'란 종류가 있다. 그 종류는 상당히 크고 날카로운 가시가 있는 것으로 내가 기르고 있는 것과는 전혀 다른 것이다. 내가 이 선인장에 그 이름을 붙이기로 한 것은 그, 석화와 상관없이, 바둑판에서 쓰는 용어에 그런 재미있는 말이 있기 때문이었다. 주로 대국 중 바둑판의 귀에서 일어나는 일인데, 상대가 이쪽 돌을 잡아 들어내자 다시 그, 돌을 들어낸 자리의 요처(要處)에 돌을 놓아 되살아나는 경우를 죽지 않는 꽃, 돌꽃이라 하여 석화라고 한다. 이 선인장이 죽었다가 살아났다는 뜻에서 그런 이름을 붙인 것이다.

4월 8일, 선인장 화분에 길쭉하니, 못 보던 이물 같은 것이 보여 무슨 지푸라기가 붙었나, 잡초가 났나, 하고 있다가 가까이 가보니 놀라워라, 지푸라기도 잡초도 아니고 꽃대가 올라오고 있은 것이다. 그것이 한 뼘쯤 올라오더니 4월 17일부터 23일까지 토옥 톡, 모두 6 송이의 꽃이 피었다. 꽃의 길이는 1.2 센티 정도로 조그마한데 끝에 가서 지름 약 3 밀리, 6 갈래로 꽃잎이 벌어지는 명색이 통꽃이다. 자세히 보니 베이지색 바탕에 연초록 세로 줄 무늬가 있는 것이 볼수록 앙증맞고 귀엽다. 어딘가 멀고 먼 나라에서 왔을 이 식물이 운 나쁘게도 내 같은 무작스런 사람을 만나 그런 고초를 겪고도 8년이란 긴 세월 내공(內功)을 쌓고 쌓아 이렇게 꽃을 피웠구나 싶으니 고맙기 그지없었다. 거기에 덧붙여 또 하나 감회가 깊은 것이, 가만히 생각하니 이 선인장을 선물로 주던 당시 세 살, 아기이던 우리 영주도 어느 새 10대 소녀가 되어 있었다.

2010.4.23.

생일을 맞은 영주를 보고—

5월 7일, 내일은 영주가 학교에 가지 않는 토요일이니 어쩌면 애 얼굴이라도 한 번 볼 수 있으려나 하고 제 집에 전화를 했더니 제 어미가 받고는 내 집에 올 수 없을 것 같다고 했다. 제 반 친구들을 초대해 그 애들을 데리고 놀이 동산에 놀러 가기로 했다는 것이다. 제 반 친한 친구 10 명을 청해 그 유원지에서 생일 턱을 낸다는 것이다. 제 뿐아니라, 제 아빠와 엄마가 차를 몰고 종일 그 애들 뒷바라지를 한다고 한다. 어른 두 사람에 미니버스 한 대가 동원되고 총 인원 13 명에 입장료, 식사, 간식, 음료수 값 해서 경비까지 생각하면 이건 애 생일파티가 아니라 가히 큰 잔치 판이라 해야 옳을 것 같았다. 그것도 정작 제 생일인 5일에는 회동수원지에 있는 음식점에서 제 가족, 외가 가족, 우리 내외, 합해 근 10 명이 닭 잡고 오리 잡고 해서 잔치판을 한 번 떡 벌어지게 벌였는데 말이야.

그러니까 또 할아버지는 할아버지가 자랄 때의 옛날 생각을 하게 되었단다. 할아버지의 생일은 10월 31일이야. 영주 생일도 계절의 여왕이라는 5월에 들어 있어 좋지만 할아버지 생일도 추수가 끝나 모든 것이 풍성한 좋은 계절이지. 소년 시절 할아버지는 내 생일을 그야말로 손꼽아 기다렸단다. 그 때가 되면 시골 장에 삼치가 잘 났어. 어른들은 내 생일 전 장날에는 빠짐없이 삼치를 사와 생일에는 팥밥을 짓고 미역국을 끓이고 삼치를 구워 주셨는데 그 맛이 그럴 수없이 좋았단다. 그래서 소년 시절의 할아버지는 생일 몇 달 전부터 그 날을 기다린 거야. 너는 생일이 되면 올해처럼 친한 친구들 청해 파티를 벌이고 휴대폰이랑 동화책이랑 오락기랑 선물을 한 아름 받고 하니까 기다려지는 게 당연하겠지만 할아버지는 단지 팥밥과 미역국에 삼치구이 한 토막을 먹을 수 있다는 그 기대 때문에 그렇게 기다린 거야.

그런데 할아버지가 열두 살 때 우리 집의 기둥이었던 큰할아버지께서 병으로 세상을 떠나버리셨어. 증조할아버지는 연세도 많으신 데다 농사일을 모르시고, 그러다 보니 농사에 실패하시고— 그러니 열 몇 명이나 되는 대가족의 먹고 살 일이 난감해져버렸어. 집안 형편이 그렇게 되다보니 할아버지의 생일이 다가오는데도 어른들이 아무도 장보러 가실 생각을 않으셔. 막상 생일이 되었는데도 아무 귀천이 없으니 팥밥도, 미역국도 삼치구이도 없이, 만날 먹던 그 밥에 된장하고 쓰디 쓴 김치 한 보시기가 상에 올라오는 거야. 나이는 어려도 집안 형편은 대강 알아 아무 불평도 못 했지만 그 해 생일날의 그 서운한 마음은 말로 다 할 수 없었단다.

그런데 세월이 많이 흐른 뒤 생각하니 그래도 그때까지 그런 생일상을 십년 넘게 받아 본 할아버지는 호강하며 자란 셈이었어. 내 보다 세 살이 많은 누나는 집안 사정이 괜찮을 때도 그런 생일상을 한 번도 받아 본 적이 없었어. 생일상이 문제가 아니고 아예 생일이 언제인지, 말을 꺼내는 사람도 없었어. 자기 생일에도 가족 상 차려 주고 식사가 끝나면 물심부름까지 하느라고 밥상에 끼어 앉아보지도 못 했다. 가족의 식사 시중드는 중에 부엌에서 엉거주춤 서거나 쪼그리고 앉아서 먹는 둥 마는 둥 한 끼를 때웠어. 당시에는 우리 집 뿐아니라 어느 집이나 마찬가지였어. 왜 그랬을까, 이상한 생각이 들지? 그 때는 남자는 귀하고 여자는 천하다는 남존여비(男尊女卑) 사상이 강했는데 그 때문이었어.

　그에 비하면 영주의 하루하루는 어때? 너는 모르겠지만 그야말로 하늘과 땅 차이야. 생일 뿐아니라 네 부모는 물론 할아버지, 할머니, 네 외갓집 분들이 온통 너를 손에 들고 있잖아. 옛날 사람들 말로 '금 가지에 옥 잎(金枝玉葉)'과 같이 귀애하잖아. 그렇게 많은 사랑과 축복 속에 자라고 있으니 영주도 커서는 사람들을, 이 세상을 사랑하는 사람이 되어야 하겠지?

2010.5.9.

아소화산(阿蘇火山)의 비바람을 몰아내고—

할아버지·할머니가 영주와 5월 14일부터 16일까지 2박 3일 일정으로 일본 북큐슈(北九州) 여행을 다녀왔다. 14일 아침, 비행기로 김해공항을 출발해 30분 뒤에 후쿠오카(福岡)에 내렸다. 일본이란 나라, 정말 우리하고 가까이에 있다는 것이 실감났지. 화명동에서 지하철 타고 서면 가는 시간에 도착한 거 아니냐. 아득한 옛날에는 두 나라가 뭍으로 연결되어 있었는데 걸음이 빠른 사람에게는 포항 쪽에서 후쿠오카까지가 사나흘 길이었다더니 그 말이 맞은 것 같았어.

공항에서 전세버스를 타고 산을 넘어 한 해안 도시에 도착했는데 그곳이 유명한 온천 휴양지 벳부(別府)였다. 그곳

스기노이호텔에 짐을 푼 다음 영주와 할머니는 목욕을 다녀왔다. 영주도 일본의 전통 여자 목욕가운, 유카다를 입었는데 아이구야, 이제 다 컸어. 처녀 티가 나는 거야. 산 쪽으로 향한 8층의 우리 방은 전망이 아주 좋았어. 소나무 · 대나무에 여러 가지 잡목으로 신록이 우거진 산자락에 군데군데 유황 가스가 하얗게 솟아오르고 있는 광경은 신선하고 아름다웠어.

이번 여행에서 최고의 볼거리는 역시 세계 최대의 칼데라(caldera=화산의 중심부에 생긴 분화구 모양의 움푹 팬 곳)를 자랑하는 아소(阿蘇)활화산이었다. 우리 일행 16 명은 모두 그 화산 구경에 대한 기대에 차 있었다. 그러나 한편으로 날씨가 좋지 않으면 그 화산을 보지 못 할 수도 있다는 가이드아저씨의 말에 모두들 약간 걱정도 했어. 실제로 그 화산을 보러 가는 사람들 중 70% 정도가 보지 못 하고 돌아선다고 한다. 할아버지도 15년 전 1995년 봄, 그 화산을 보러 갔다가 날씨 때문에 가까이 갈 수가 없어서 2 킬로 저쪽에서 허옇게 솟아오르고 있는 유황 가스만 보고 돌아섰었어. 15일 아침 8시, 벳부를 출발해 삼나무와 편백나무가 울창한, 1천 미터가 넘는 높이의 큐우쥬우산(九重山)을 넘어 수 십리에 이르는 칼데라를 가로질러 그 화산을 향해 달렸다. 그곳으로 가는 도중에 가이드아저씨가, 날씨가 너무 좋다면서, 어제 자기가 날씨가 좋도록 기도들을 드리라고 부탁을 했었는데 누군가가 정성스레 기도를 한 모양이라고― 그 덕분인 것 같다고 했다. 그러고 보니 그 전 날, 날씨가 좋아야 화산을 제대로 볼 수 있으니까 기도를 드리라고 하는 말을 들었는데 나는 그냥 농담 삼아 하는 말로 흘려듣고 말았었다. 가이드아저씨가 누구, 기도하신 분 있느냐고 물었을 때 아무도 대답을 안 하고 있는데 영주가 손을 번쩍 들고는 기도를 했다고 했어. 가이드아저씨가 나이 드신 분들, 아무도 내 말에 따라 주지 않았는데 이 어린 손님이 혼자, 부탁을 들어 주었다고, 날씨가 어떻게 이렇게 좋은지 몰랐더니 이제야 그 이유를 알겠다고, 모두 저 어린 이에게 감사의 박수를 보내자고 해서, 버스 안에 박수 소리가 요란하고… 난리가 났어.

한참 있다가 할아버지가 영주한테 가만히, 너 누구한테 기도를 했느냐고 물었더니 "하느님, 부처님, 아기동자… 모두한테 했다."고 했다. '하느님', '부처님'까지는 이해가 되는데 '아기동자'는 또 뭐야? 나로서는 알다가도 모를 일이었지만 어쨌든 날씨가 쾌청해졌으니 다행이었지 뭐! 차는 수 십 킬로가 된다는 칼데라 안을 달렸는데 경치가 하도 아름다워 그 드라이브 자체가 아주 기분 좋은 것이었다. 11시, 분화구 아래 케이블카 종점에 도착했다. 33인승 케이블카가 분화구 전망대까지 올라가는데 기상조건에 따라 운행을 할 수도, 안 할 수도 있다고 한다. 운행을 안 한다면 어쩌나— 은근히 마음을 졸이면서 기다리고 있는데 갑자기, 모두 케이블카에 오르라고 해. 그래, 우리 일행은 같이 기다리고 있던 사람들과 함께 우르르 올라탔지. 3～4분 쯤 올라가니 해발 1천 5백 9십 2 미터, 아소화산 분화구 전망대야. 거기서 저 아래 분화구를 내려다보니— 와! 정말 장관이야. 백 여 미터 저 아래 원형 화구(火口)에는 비취색의 물이 환상적인 빛을 발하고 있고 그 위로 하얀 유황 가스 기둥이 기운차게 치솟고 있었다. 그것을 보고 있으니 자연에의 경이감, 신비감이 새삼 더욱 크게 느껴졌다. 저렇게 역동적이면서 아름다우니 사람들이 모두 '아소화산, 아소화산' 했구나 하는 생각이 들었다. 할아버지는 그 순간 감회가 참 깊었다. 해방 직전, 할아버지가 여섯 살 때 어느 명절날 할아버지 큰집에 갔을 때 그 집의, 나에게 조카뻘이 되는 사람이 그 화산을 보고 온 자랑을 하는데, 어떻게 부럽든지. 당시 나는 어린 마음에 '아소화산'이라고 하면 천국 같은 곳처럼 생각했었지. 그리고 그런 곳은 우리 큰집 사람들처럼 돈 많은 이들이나 가보는 곳일까 내 같은, 어려운 집에 태어난 사람에게는 언제까지나 그림의 떡이지, 어느 세월에, 어떻게 가보겠나 하고 슬픈 생각에 잠겼었단다.

그런데 이렇게, 내 귀여운 손녀 손을 잡고 눈앞에 그 화산을 보고 있다 싶으니 감개가 무량할 밖에 없었지.

그런데, 그 구경을 하고, 영주 사진을 찍어주고— 하고 있는데 다급한 목소리의 방송이 흘러나와. 바람이 우리들 있는 쪽으로 바뀌어 불기 시작했으니 빨리 아래로 내려가라는 거야. 만약 거기서 얼찐대다가 유황 가스 속에 들어가게 되면 기침에 콧물에 큰 변을 당한다는 거야. 그래서 할아버지, 할머니와 영주는 우리 일행과 함께 서둘러 처음 출발했던 곳으로 달려 내려왔어.(케이블카는 올라갈 때만 탈 수 있고 내려올 때는 걸어 와야 하게 되어 있었지?) 내려오면서 뒤돌아보았더니 바람이 본격적으로 전망대 쪽으로 불어와 가스가 몰려오고 있었어. 그래서 전망대 부근에는 사람이 얼씬도 못 하게 되어버렸지. 우리가 아래로 내려와 버스를 타고 그곳을 떠날 때까지 케이블카는 꼼짝도 않고 매여 있었어. 그러니까 그날, 정확하게 우리 일행만이 아소 화산 분화를 제대로 본 거야. 영주 기도가 영험이 있기는 있었던 모양이지?

2010.5.17.

이웃나라의 옛 성 구경

아소화산 들머리 음식점에서 뷔페로 점심을 먹은 우리는 구마모토성(熊本城)을 보러 갔다. 할아버지는 오래 전 학생들을 데리고 그 성에 한 번 가 본 적이 있지만 그때는 건성으로 스쳐보아 기억에 남은 것이 별로 없었다. 그래서 이번, 영주와의 여행에는 좀 더 차분하게, 잘 보리라고 마음을 먹었다. 영주에게도 그 성에 대해 내가 알고 있는 것을 자세히 들려 주려 했지만 뜻대로 되지 않았다. 우리 일행과 보조를 맞추어 가려 하니까 그럴만한 시간도 안 나고, 영주도 비행기를 타고 와서 장시간 버스 여행을 하고 그 화산에서 유황 가스에 쫓겨 내려오고 하느라고 상당히 피곤해 보였기 때문이었다. 그래, 다음에 네가 유년 시절, 할아버지, 할머니와 함께 그 성 구경한 일을 되돌아볼 때 읽어 보라고 그 날의 나의 느낌을 메모해 둔다.

구마모토성은 오오사카성, 나고야성과 함께 일본의 3대 성으로 이름이 나 있다. 임진왜란 당시 우리 조선을 침범했던 일본의 장수, 가토오기요마사(加藤淸正)가 왜란이 끝난 3년 뒤인 1601년에 쌓기 시작해 7년 만인 1607년에 완공한 이 성은 둘레가 십리가 넘고 그 중심에 6층의, 천수각(天守閣)을 두고 있다. 30 미터 높이의 돌담에 둘러싸여 있는 이 성의 벽은 단단한 돌로 수직에 가깝게, 가파르게 쌓아 난공불락의 성채로 불려오고 있다.

구마모토시 한가운데에 있는 이 성에 도착하니 입구에 거의 실물 크기, 무사(武士)의 동상이 서 있었다. 가이드아저씨는 그 인물이 바로 가토오기요마사라고 한다. 가토오 — 그는 임진왜란 때 우리나라에 쳐들어온 가장 높은 두 일본 장수 중 한 명으로 온 나라를 초토로 만든 인물이다. 일본사람들은 어떻게 보고 있는지 모르겠지만 어쩔 수 없는 조선사람의 후손인 나는, 그가 아무래도 곱게 보이지 않았다.

성 안에 들어가 보아도 특별히 볼만 한 것이 없었다. 칼이니 총이니, 전시를 해 두었던데, 저런 무기를 가지고 평화롭게 살고 있는 우리나라에 무단히 쳐들어와 온 나라를 그 지옥으로 만들었구나 하니, 섬뜩하고 불편한 마음을 억누를 수가 없었다.

성이 웅장하고 미끈하게 생겼다는 것 뿐, 특별히 볼 것도 없었지만 할아버지는 그래도 다음의 세 가지를 유심히 보았다. 그것은 모두 임진왜란과 관련된 것이었다. 제일 먼저 눈에 띈 것은 천수각 앞에 서 있는 몇 아름이나 되는, 엄청나게 큰 은행나무였다. 가토오는 임진왜란 때인, 1597년 겨울, 약 보름 동안 울산성에서 조선과 명나라 군사들에게 포위되어 전멸의 위기를 맞은 바 있다. 그 싸움에서 그의 군사 1만 6천 명 중 약 만 명이 죽고 가토오 자신도 한 때 자살을 생각했을 정도로 궁지에 몰렸었다 한다. 그 때, 그들에게 가장 큰 문제가 군량이 바닥났다는 것이었다. 나중에는 먹을 것이 완전히 동이나 군용 말을 모두 잡아먹고 겨우 연명을 했다 한다. 그런 쓰라린 경험을 한 가토오는 이 성을 쌓을 때 성 안에다 은행나무를 많이 심었다 한다. 만약의 경우 은행나무 열매를 식량으로 쓰려는 생각에서였지. 그래서 이 성에는 은행나무성이란 별명이 있는데 우리가 본 그 큰 은행나무가 바로 그때, 그런 목적으로 심은 것이었다.

두 번째 나의 눈길을 끈 것은 천수각 1층에서 본 우물이었다. 역시, 울산성에 포위되어 있을 때 일본군이 곤란을 겪은 것 중 하나가 먹을 물의 부족이었다. 나중에는 갈증을 견디다 못한 군사들이 오줌을 받아 마셨다 하니 그 고통이 어떠했겠는가는 짐작할 만하지. 그래서 가토오는 이 성을 쌓을 때 성 안에 우물을 1백 20개나 팠는데 나머지는 다 묻혀버리고 지금까지 남아 있는 것이 바로 몇 길 깊이의 그 우물이었다.

세 번째 내가 유심히 본 것은 건물 안의 다다미였다. 다다미란 일본사람들이 그들의 방, 마루에 까는, 짚과 왕골로 만든 두꺼운 깔개를 말한다. 울산성 싸움 당시, 먹을 것이 떨어져 혼이 난 적이 있는 가토오는, 이 성을 쌓고는 다다미를 짚과 왕골 아닌 고구마 줄기로 만들게 했다 한다. 유사시 그것을 삶아 먹고 주림을 견디어내려 한 것이다. 그러나 우리가 본 그 성 건물들의 다다미는 이제 모두 고구마 줄기 아닌, 짚과 왕골로 만든 것이었다.

그것들을 보면서 나는 가토오란, 비록 얄미운 적국의 사람이었지만 그 용의주도한 대비에 대해서는 우리도 배울 바가 있다고 생각했다.

2010.5.20.

「내 사랑 꼬마도깨비」가 나오기까지

처음 영주가 자라는 모습을 그때그때 글로 쓸 때는 나중에 책으로 낼 생각 같은 것은 전혀 없었다. 그냥 하루하루 그 귀여운 모습을 생각날 때마다 글로 써서는 워드프로세서로 처서 파일을 만들어 두었었다. 그렇게 몇 년이 지나니까 글 분량이 제법 되었다. 그러던 어느 날 '가만 있자, 이걸 이렇게 낱장으로 두었다가는 나중에 흩어지고 없어지고 하기 쉬울 것 같은데, 조그맣게 책을 한 번 만들어 보면 어떨까?' 하는 생각이 들었다.

그렇게, 쉽게 생각하고 시작한 일인데 책이 나오기까지, 전혀 예상하지 못 한 난관에 봉착해 상당한 진통을 겪어야 했다. 책을 낸다면 그것은 일종의 전기(傳記)인 셈이니까 아무리 어린애지만 우선 본인의 동의부터 얻어야겠다고 생각했다. 그래서 제 나이 일곱 살 때, 바로 그 이야기는 하지 않고, 할아버지가 너 자라는 모습을 쓴 글들, 한 번 읽어 보지 않겠느냐고 물어 보았다. 그랬더니 "놔두세요. 그런 글은 두었다가 나중에 읽어 보아야 재미있어요." 한다. 녀석이 맹랑하기는— 하기야 그것도 말은 맞는 말이지.

그러고 그 일은 잊어버리고 있었는데, 한 번은 제 부모랑 여럿이 있는 자리에서 어쩌다 그 책 이야기가 나왔다. 이번에는 애가 그 이야기를 가만히 듣고 있더니 "책 만든다면, 만들기 전에 내가 먼저 한 번 읽어보면 안 돼요?" 한다. 그럼, 당연히 읽어 보아야지. 모두 그러라고 해서, 그 뒤에 제가 읽어 본 것은 분명해 보였는데 시일이 상당히 지나도 그에 대해서 아무 말이 없다. 그래서 어느 날 지나가는 말처럼 제한테 그 글 읽어 보았느냐고 물어 보았더니 읽어 보았다면서, "재미있었어요." 한다. 어느 글이 재미있더냐고 했더니 "대추 이야기랑… 다 재미있었어요." 한다. 그러면서도 책으로 만드는 것이 좋다든가 싫다든가에 대해서는 아무 말도 하지 않는다. 어린애지만 사안이 사안인 만큼 신경이 쓰여서 "전에 네 엄마 아빠랑 있을 때 책을 만들면 어떨까 하는 이야기를 한 적이 있었지?" 하고 슬쩍 변죽을 울려 보았다. 그랬더니, 아무 말 없이 한참을 입을 꼬옥 다물고 있더니 "책, 한 권만 만들면 안 돼요?" 한다. 뭐? 한 권만?

재미있기는 하지만 꼭 만들려거든 한 권만 만들어라? 이
건, 박절하게 말을 못 해서 그렇지 만들지 말라는 이야기
아닌가. 그래, 역시 뭔가 문제가 있었던 거야. 그래서, "안
될 것은 없지만 책이란 본래 여러 사람이 읽으려고 만드는
것이니까 한 권만 만든다면 만드는 의미가 없다고 할 수 있
겠지. 그런데 왜 그런 생각이 들었지?" 했더니 그에 대해서
는 대답을 안 하고 "그러면 글 중에서 몇 군데 빼면 안 될까
요?" 한다. 내 딴엔 혹시 애 자존심을 건드리거나 마음을
상하게 할까봐 조심한다고 해 가면서 쓴 것인데 한창 감수
성이 예민할 나이니까 그래도 부끄럽거나 쑥스러운 내용
이 있은 모양이었다. 그래서 말은 '마음에 거슬리는 데가
있으면 빼야겠지―' 했지만 그래도 좀 찜찜했다. 이것, 저
것 빼라, 고쳐라 하기 시작하면 그것도 문제가 아닐 수 없
겠기 때문이었다. 참, 세상에 쉬운 일이란 없구나 하는 생
각이 들었다. 그래서, 어떤 이야기를 뺐으면 하느냐고 물었
더니 지금 당장은 생각이 안 난다고 해서 그럼, 한 번 더 잘
읽어 보고 다시 이야기하자고 해, 출판 협상은 거기서 일단
중단이 되었다.

그러고 다시 시일이 한참 흐른 뒤 어쩌다 나와 영주가 단
둘이 외식을 하게 되었다. 화명동, 내 집 부근 북경반점이
란 중화요리집에서 둘이 점심을 먹게 되었는데 그 이야기

하기에 마침 좋을 것 같았다. 주문한 음식이 나올 때까지 맥주 한 병을 먼저 불러 혼자 마시면서 그 이야기를 꺼냈다. 이번에는, 많이 고치거나 빼기는 어렵다는 것을 전제한 다음 꼭 뺐으면 하는 곳이 어디냐고 바로 물어 보았다. 그랬더니 제가 유아원에 다닐 때의, 한 남자 애와의 이야기를 뺐으면 좋겠다고 한다. 세 살 때 이야기로 내 보기에는 별 문제가 될 만한 내용도 아닌데 역시 딸애라 이성과의 관계 이야기는 부끄러운 모양이었다. 그 정도는 빼도 아무 문제가 없을 것 같아 상당히 마음이 놓였다. 그래도 그런 내색은 할 수 없는 것이, 이런 테이블에서는 물러서기 시작하면 자꾸 밀리게 된다. 그랬다가는 또 이것도, 저것도… 하고 나올지 모르는 일 아닌가. 그래서 한참을 좀 난처하다는 얼굴을 하고 있다가 어렵게 결심을 한 듯, 단호한 어조로 "그래, 그것만 빼면 되겠어?" 했더니 "네." 한다. 됐다.

이렇게 하여 「내 사랑 꼬마도깨비」의 출판 협상은 극적으로 타결이 되었다. 컵에 남은 맥주를 마저 마시고는 마침 시킨 음식을 가지고 온 종업원에게 맥주 한 병을 더 달라고 했다. 그 아가씨는 이 할아버지가 벌건 대낮에 어린 딸애를 데리고 앉아서 술을 두 병 씩이나— 싶은지 맥주를 가지고 와서는 나를 유심히 보는 것 같았다. 그러거나 말거나, 어렵고 큰일이 무사히 성사가 되면 그럴 수도 있는 거지 뭐! 한 잔 가득 따라 단숨에 시원하게 들이켰다.

｜ 글쓴이 소개

장양수(張良守)

태어난 때 1940년 10월 31일
학력 부산대학 국문과 졸업. 문학박사(동아대학)

경력
국제신문 기자(1967년). 부산기자협회 회장(1978년).
국제신문 사회부장(1980년).
신군부에 의해 국제신문서 강제 해직(1980년).
대한민국 민주화 유공자(제2572호).
동의대학 교수(1983년). 동 인문대학장(1997년). 동 대학원장(2004년).
한국문학회 회장(2004년). 현재 동의대학 명예교수

저서
「한국 현대소설작품론(국학자료원 · 2008년)」 외 단독 전공이론서 9권
「한국 현대문학사(현대문학사 · 1989년)」 외 공저 1권
「치인의 견문(수필집 · 도서출판 이회 · 2001년)」

내 사랑 꼬마도깨비

초판 1쇄 인쇄일	2010년 11월 9일
초판 1쇄 발행일	2010년 11월 10일

지은이	장양수
펴낸이	정진이
총괄	박지연
편집 · 디자인	이솔잎 채지영
마케팅	정찬용
관리	한미애 김민주
인쇄처	은혜사
펴낸곳	새미

등록일 2005 13 14 제17-423호
서울시 강동구 성내동 447-11 현영빌딩 2층
Tel 442-4623 Fax 442-4625
www.kookhak.co.kr
kookhak2001@hanmail.net

ISBN	978-89-5628-558-0 *03800
가격	10,000원

* 저자와의 협의하에 인지는 생략합니다.
새미는 국학자료원의 자회사입니다.
잘못된 책은 구입하신 곳에서 교환하여 드립니다.